Trans-Atlantyk
Witold Gombrowicz

横渡大西洋

〔波〕维托尔德·贡布罗维奇 著

杨德友 译

人民文学出版社
PEOPLE'S LITERATURE PUBLISHING HOUSE

图书在版编目(CIP)数据

横渡大西洋/(波)维托尔德·贡布罗维奇著;杨德友译.
—北京:人民文学出版社,2021
(贡布罗维奇小说全集)
ISBN 978-7-02-012847-1

Ⅰ.①横… Ⅱ.①维… ②杨… Ⅲ.①长篇小说-波兰-现代 Ⅳ.①I513.45

中国版本图书馆 CIP 数据核字(2017)第 111615 号

责任编辑　甘　慧　何炜宏　邰莉莉
装帧设计　汪佳诗

出版发行　人民文学出版社
社　　址　北京市朝内大街 166 号
邮政编码　100705
网　　址　http://www.rw-cn.com

印　　刷　山东临沂新华印刷物流集团有限责任公司
经　　销　全国新华书店等

字　　数　110 千字
开　　本　889×1194 毫米　1/32
印　　张　7.375
版　　次　2021 年 1 月北京第 1 版
印　　次　2021 年 1 月第 1 次印刷

书　　号　978-7-02-012847-1
定　　价　49.00 元

如有印装质量问题,请与本社图书销售中心调换。电话:010-65233595

作者前言

看来，我可以不必再担心愤怒的咆哮了——《横渡大西洋》和读者的冲突发生在几年前，在波兰侨民界，现在已经成为过去。现在到了防止其他不安全状况出现的时候，亦即要让对这部作品的阅读不至于太狭隘和肤浅。

今天，在这部作品波兰国内版出版的前夕，我必须要求实现对本书更深刻和更全面的解读。我之所以必须如此，是因为这部作品在某种程度上涉及了民族，而我们的心态，无论是在海外侨民当中，还是在国内，在这一点上，都还不够充分自由，还依然是扭曲的，甚至是受到操纵的……简直可以说，我们还不善于阅读关于这一论题的著作。一直到今天，我们的这种波兰情结还是太强烈，我们依然受到传统的拖累。有些人（我就在其中）几乎惧怕"祖国"这个词，似乎这个词语让他们的发展延误了三十年。这个词把另外一些人立即送上了我们文学中给人布置任务的刻板模式的道路。

我这样说是否有夸张之嫌呢？但是，邮局不断给我送来国内关于《横渡大西洋》的各种报道，甚至有评论说，这是"沙文主义辞令的杂文"，或者"对战前波兰的讽喻"……甚至有人把它看成是关于萨纳齐[①]的杂文。我也许能够享有的最高评价，是把这一作品视为"对民族良知的清算"以及"对于我们民族缺点的评判"。

但是，既然我还有其他更具普遍意义的东西关注，为什么还要和已经死亡的、战前的波兰，或者和以往那种风格张扬的爱国主义搏斗呢？我是不是在那些已经过时的琐碎小事上浪费了时间呢？我属于那种如果放枪，也只对着庞大动物瞄准的有抱负的猎人。

我不否认《横渡大西洋》是一部讽刺作品。而且，甚至也是十足的清算……显然，不是清算某一个特别的波兰，而是清算历史及其在世界上的地位所造成的波兰（亦即羸弱的波兰）。我同意，这本书是一艘私掠船，走私很多炸药，准备炸毁我们迄今为止的民族情感。而且，在小说里面，甚至隐藏了针对这一情感的明确原则：战胜波兰民族性。要松动

[①] 皮乌苏茨基一九二八年以后的继承者们。——译注

我们对波兰的忠诚态度！即使摆脱一点也是好的！从下跪的姿势站立起来！展现这第二种情感脉络，令其合法化，这一脉络令个人面对民族而自卫，正如面对每一种集体强力而自卫一样。最重要的是，要获得自由，脱离波兰传统，而且，身为波兰人却争取成为比波兰人身份具有更深广、更高一级意义的人！这就是《横渡大西洋》在思想方面的私货。进一步说，这本书还涉及重审我们与民族的关系——这是彻底的重审，这样的重审也许能够完全改变我们的自我感觉，释放出最终能够服务于我们民族的力量。请注意，这是具有普遍意义的重审，这是我愿意向其他民族的人提出的重审，因为小说探讨的不是波兰人与波兰的关系，而是个人与民族的关系。最后，这还是和全部现代问题都有紧密联系的重审，因为我关注（我一向就在关注）个人生活的强调和丰富，要使得个人的生活对于压抑成性的大众势力具有更大的抵御力量。《横渡大西洋》就是以这样的思想基调写成的。

我在《日记》中数次论述过这些思想；《日记》最初在巴黎《文化》杂志上发表。现在，《日记》已经在巴黎出版单行本。一九五七年三月号《文化》刊印的日记片段没有收入这一卷《日记》，那一片段是对于我的异端邪说的注释。

然而，上述思想就是这部作品的主题吗？从总体上来说，艺术就是对主题的解说吗？这些问题大概问得恰逢其时，因为我担心，国内的批评界还没有完全摆脱社会主义对于"主题艺术"的狂热。不是这样，除了所叙述的故事，《横渡大西洋》没有什么主题。这只是一部小说，只是一个得到述说的小世界——这个小世界也许值得注意，因为它显得滑稽、色彩斑驳，有揭示性质，有启发性——这是某种具有光泽、闪亮的、不断变化的世界，有多重的意义。你们所看到的内容：讽刺、批评、论述、娱乐、荒诞、戏剧，这本书里都有一点——而不单是其中之一，因为它不仅仅是我、我的"震荡"、我的宣泄、我的存在。

这是不是关于波兰的书呢？但是，我只写我自己，从来就没有写过关于其他事物的一个字——我觉得自己没有权利去写波兰。一九三九年，我定居在布宜诺斯艾利斯，远离波兰，脱离了我以往的生活，处于非常困苦的境地。过去被完全摧毁。现实有如黑夜。未来还不能看清。什么也不能倚凭。在无时不在的变迁的打击之下，秩序正在破裂、崩溃……过去的一切都只是软弱无能，正在到来的新的一切，都是暴力。在无政府主义造成的无路可走的局面下，在被赶下神坛的众神当中，我只能依靠自己。你们希望我在这样的时刻有什么样的感觉呢？放弃对未来的期望吗？……投身于未来吗？……是的……但是，我已经不想以自己的本质来投身于任何事物，任何即将来临的秩序——我想要比秩序和约定俗成更高级、更丰富。《横渡大西洋》里的嬉笑正是来源于此。我的遭遇多少也是这样，并且从这一遭遇中产生了这部怪异的、在过去和未来之间揪扯的作品。

为了周到一些，还要补充一点，虽然这样的补充可能多余：《横渡大西洋》是幻想的故事。一切都是设想出来的，和真实的阿根廷、和布宜诺斯艾利斯真实的波兰侨民界只有十分松散的关系。我的"逃兵行为"在现实中体现得也很不一样（我请检查官大人去看我的日记）。

维托尔德·贡布罗维奇
一九五七年

我感觉我必须向家人、亲戚和朋友叙述我在阿根廷首都这已经延续了十年的经历起初的情况。我不邀请任何一个人来品尝我这些古老的面条（也许还有萝卜），因为在我的锡制盘子里，这些面条又细又糟，而且，飘在我的罪恶、我的耻辱上面，令人羞愧。还有我这些厚重的麦片粥，掺上了黑色的稀饭，唉，最好不要送到嘴里，以免受到永恒的诅咒。在我没有尽头的人生道路上，我的耻辱就像一座大山，压得我喘不过气来。

一九三九年八月二十一日，我乘坐"勇士"号来到布宜诺斯艾利斯。从格登尼亚开往布宜诺斯艾利斯的客轮十分豪华……我甚至不愿意登陆，因为在二十天的旅程中，人一直处在蓝天和水波之间，一无所思，沐浴在空气中，在波浪间颠簸，迎接阵风的吹拂。切斯瓦夫·斯特拉谢维奇和我在一起，和我共用一个舱房；因为我们两个人是文学家，上帝保佑，虽然羽翼未丰，我们却应邀参加新客轮的首航；除了他之外，船上还有伦别林斯基议员、马祖尔凯维奇公使和其他许多人，我都得以结识。还有两位美丽的女士，身材姣好，在闲暇时刻，我跟她们搭讪，献殷勤，引得她们扭过头来。除此之外，我再重复一句，就是蓝天和海水之间静静的……

船靠岸的时候，我和切斯瓦夫先生、伦别林斯基一起进城，但完全像是进了死胡同一样摸黑乱窜，因为谁也没有来过这儿。在我们经历了清洁而有咸味、串珠般海浪中的宁静之后，这儿的嘈杂、尘埃和灰白色的土地令人感到不快。不过，我们经过了由英国人建造的高塔的莱迪罗广场之后，便大踏步拐进佛罗里达大街，那儿有奢华的商店，罕见的物品，商品十分丰富，有贵人专用的鲜花，有大开本杂志，还有糖果糕点店。伦别林斯基议员在那儿观看手提包，我看见了一张海报，上面印了"大篷车"这样一个词；在这晴朗而嘈杂的一天，在我和切斯瓦夫先生单独散步的时候，我问他："嗯……您，切斯瓦夫先生，您看见那些大篷车了吗？"

但是我们必须尽快回到船上，因为船长普莱泽苏夫要招待此地波兰人社区派来的人。来了一大堆的主席啊、代表的，我很快就结下了仇敌，因为在这么多生面孔当中，就像和在森林里一样，我迷失在等级和头衔之中，把人、事和物品都弄混了；刚喝了点酒，又不喝了，到处转悠，像摸黑在野地里走似的。科修比茨基·费利克斯阁下，我国派到该国的公使，赏光莅临聚会。他手里拿着酒杯，站在那儿长达两个小时，会见宾客，以他的身份，时而给某一个人、时而给另外一个人带来荣幸。在声明和言谈的浊流中，在毫无生气的灯光中，我似乎是通过望远镜观看一切，我在所到之处目睹了生疏、新奇和困惑，我被虚荣和灰色调包围，心里呼唤着我的家园、友人和同伴。

这也就罢了。但是，还有不好的事呢。因为，先生，您瞧啊，那边乱哄哄的，虽然空荡荡的像夜晚的荒野，但在森林和谷仓后面，出现了惊慌和上帝的惩罚，似乎要出事了；但是每个人都认为，很快就都会过去的，大块乌云里落下小雨，就像一个婆娘，撒泼、吼叫、呻吟，挺着大肚子，黑色又丑陋的大肚子，好像要生一个魔鬼似的，其实只不过是闹了一阵肚子疼；所以用不着害怕。可是，的确是不好的事，不好的事，咳，不好啊。在战争爆发前最后的那些日子里，我和切斯瓦夫先生、伦别林斯基议员以及马祖尔凯维奇公使一起参加过多次招待会：科修比茨基阁下和领事还有一个什么侯爵夫人在阿尔韦亚尔旅馆举办的；只有上帝知道都有什么人参加，所为何事，吃了什么，喝了什么；但是我们离开招待会的时候，街上传来报童震耳的尖叫声：《波兰社区报》《波兰社区报》。只有到这个时刻，我们才会觉得无比的难受和悲哀，每个人都垂下耳朵，似乎感受到了痛苦而缓行，因为充满了焦虑，又因为肚子里撑满美味食品。这个时候，切斯瓦夫手里拿着一张报纸进了我们的舱房（因为我们仍旧住在船上）："战争不是今天就是明天，一定会爆发的，没有办法！所以船长已经下令，明天抛锚起航，我们的船即使已经回不了波兰，也要到达英国的什么地方。"他说完这句话，我们大家都泪流满面，相互拥抱，立即下跪，请求上帝护佑，准备为上帝献身。下跪以后，我对切斯瓦夫说："你们和上帝一起航行，一起航行吧！"

切斯瓦夫对我说："怎么回事，你不和我们一起走吗？"我回答（我故意跪着，不站起来）："你们航行，航行，顺利到达目的地。"他说："你说的什么话？你不走了吗？"我回答："我想坐船返回波兰，可是为什么要去英国？我为什么要去英国呢？我要留在这儿。"我这样嘟嘟囔囔地对他说

（因为我不能说出全部实情），他瞪眼瞅着我，瞅着我。他变得悲哀起来，回答我说："你想留在这儿吗？但是你要到我们的公使馆去，向他们报到，不要让他们宣布你是逃兵，或者更糟的身份。到公使馆去，你去不去呀？"我回答："你想到哪儿去了，我当然会去公使馆，因为我知道作为一个公民的义务，不要为我担心。但是你最好不要告诉别人，也许我还会改变主意，跟你们一起走的。"到这个时候我才站了起来，因为最坏的情况过去了，善良的切斯瓦夫现在感到悲哀，他依然贡献出了诚挚的友谊（虽然我和他之间似乎存在着某种秘密）。

我不能把全部实情告诉这位同胞，也不能告诉其他同胞和亲友……因为这个实情，我可能会遭受火刑，或者遭受五马裂身分尸，或者被乱棍打死，名声和信誉扫地。我最大的困难就在于，如果住在船上，我就没有办法秘密离开这艘轮船。因此，面对众人，我必须保持最高的警惕，在所有日常生活的杂乱匆忙中，在心脏的跳动中，在热情呼吼和唱歌的时候，在恐惧和忧虑的静静叹息中，我也必须跟随他人或呼喊或唱歌，或奔跑或叹气……但是，在他们解开缆绳的时候，在轮船挤满乘客的时候，船上黑压压站满了同胞的时候，船就要扬帆起航的时候，我和身后为我提着两只箱子的帮工沿着舷梯登上陆地，开始潜行。我完全不看周围的情况。我远远地走开，不知道身后出了什么事。但是我已经走上林荫碎石路，已经足够远了。我走到足够远的地方，才转身眺望，那艘轮船已经离岸，横卧在海面上，沉重而敦实。

　　这时候我倒想屈膝下跪！但是我没有跪下来，我想暗暗地咒骂，狠狠地诅咒，但是实际上不过是在心里发狠罢了："你们航行吧，同胞们，航行吧，回到自己的民族那儿去吧！航行回到你们大概受到了诅咒的神圣民族那儿去吧！回到那个神圣的黑暗魔鬼那儿去吧，这个魔鬼喘息了几百年，却还是不能咽气啊！航行回到你们那个神圣的怪胎那里，它受到整个大自然的诅咒，还依然在出生，却依然还没有生出来！你们航行吧，航行吧，让它既不允许你们活下去，又不允许你们咽气，而是把你们永远悬挂在生与死之间。你们航行吧，回到你们那个神圣的鼻涕虫那儿去，让它给你们全身涂上鼻涕！"轮船倾斜着转弯，出航，于是我又说："航行吧，回到疯子那儿去，回到你们神圣的狂人那儿去，啊，那个受诅咒的狂人，让他用脚又踢又踹，疯狂折磨你们，给你们用刑，用血淹没你们，用它的呼吼、长嚎呼叫你们，用痛苦惩罚你们，惩罚你们的妻子、你们的孩子，惩罚到死，在他自己的垂死之中垂死，在他自己的疯狂之中让你们疯狂，三倍的疯狂！"我怀着这样的诅咒背对轮船，向城市走去。

*

我总共只有九十六美元，大概够我按最低水平生活两个月，所以我必须绞尽脑汁图谋生计。我想直接去找切奇绍夫斯基先生，我认识他已有很多年。他母亲在守寡之后住在凯尔采附近的克什夫尼茨基家里，距离我表哥什穆斯基家只有两里地远，我常常和表哥表嫂一起去那里做客，不过主要是为了打野鸭。这位切奇绍夫斯基来到这儿已经好几年，可以为我出主意，给我帮助。我带着行李来到他家，幸运的是，他在家，得以会见。他大概是我活了半辈子遇见的最奇特的人了：消瘦、矮小，因为童年时候患病，皮肤十分苍白；虽然礼貌周全、和蔼可亲，但是像田垄里的兔子一样，警惕地竖着耳朵，捕捉风声，时而急急尖叫，时而安静异常。一看见我，他就高呼："哎哟，我看见谁啦？"他又拥抱我，又让座，又摆好椅子，细心问我，他能为我做什么。

我真实的原因有沉重的亵渎意味，可不能够告诉他，因为，虽然他是同胞，但也可能去告发我。于是我只好含含糊糊地说，离开了国家，十分痛苦，十分惋惜，不得不决定留在这儿，因为不愿意漂洋过海到英国去流浪。他回应的时候和我一样小心谨慎：只要我们的母亲需要，儿子真诚的心一定会像鸟儿一样飞到她怀抱里去的。但是，他又说："很难出主意，我理解你的痛苦，但是大海大洋可不是能够一下子跳过去的，所以我既同意你的决定，也不同意，你留在这儿，做得对，虽然也可能不对。"他一面说话，一面转动大拇指手指头，转来转去，我心想："你转大拇指，那我也转大拇指。"于是我也扭转起来，同时问他：

"您是这样看的吗？"

"我还不至于发疯，在今天就有什么看法，或者没有什么看法。但是你既然留在这儿了，就立刻到使馆去吧，或者不去；去报到，或者不去报到，因为不管你报到或者不报到，你都可能会遇到大麻烦，或者遇不到大麻烦。"

"您这样看吗？"

"我这样看，或者不这样看。您做您认为正确的事（他两个大拇指转了一圈），或者认为不正确的事（又转了一圈），因为您一心想着（又转了一圈），也许会遇到麻烦，也许遇不到麻烦（又转了一圈）。"

接着，我也对他转大拇指，说："这就是您的忠告吗？"

于是，他又转动大拇指，一转再转，最后突然冲我喊道："你这个可怜的人，你最好去死、消失，轻点，嘘——也别去找他们，因为他们一旦黏上你，就不会让你甩掉的！你听我的忠告吧，宁可跟陌生人、外国人混在一块儿，在外国人中间消失、分解，上帝保佑你，也别去沾公使馆，也要避开同胞，因为他们恶劣、不好，让上帝惩罚他们吧，他们只想着咬你，说咬就咬！"我回应说："您这样看吗？"他立即喊起来："让上帝禁止你躲避公使馆和这儿的同胞，因为如果你躲避他们，他们就要咬你，把你撕碎！"说着，他转动大拇指，转呀转的，我也转起来，转呀转的，转得头都晕了，但是还是得采取行动，因为囊空如洗，所以我想出这样的话来："不知道能不能找个工作，先度过这三五个月……在哪儿能找点活干呢？"他拥抱我一下："你别怕，咱们会有主意的，我把你引荐给同胞，他们会帮助你的，或者不会帮助你！这个地方，不缺有钱的波兰商人、工业家、金融家，我有办法举荐你，举荐……或者不举荐……"他又扭动大拇指。

要主意就有主意，他说："那么，这儿有三个人，合伙开了一个公司，从事养马业，也包括养狗业，他们也许会帮助你，或者不帮助，也许会雇用你当办事员或者助手，月薪一百或者一百五十比索，因为都是最正派、最诚恳或者不是最诚恳的人，开合伙股份公司、分公司或者不是分公司；可是麻烦也就在这儿：要单独接触每一个人，单独私下里和每个人谈话，因为这些人，从来都恶毒多端，争吵不休，彼此厌恶，某两个人总觉得另外一个人讨厌，而且这第三个人故意招人讨厌。可是麻烦也是在这儿，就是说，他们谁也离不开谁。所以嘛，我要把你介绍给一位男爵，这个人慷慨大方，不会拒绝给予你恩惠的；可佩茨卡尔会当着男爵的面骂你，愤怒地骂你，男爵会当着佩茨卡尔的面遣责你，板起脸，或者当着佩茨卡尔的面反对你；而丘穆卡尔会当着男爵和佩茨卡尔的面欺骗你，或者抹黑你。所以嘛，要点就是：你必须让男爵反对佩茨卡尔，让佩茨卡尔反对男爵。"（说到这儿他又转动大拇指。）

我们又东拉西扯地闲谈，回忆旧时的友人，最后（也许已经都下午两点钟了）才谈到租个房间住的事，他推荐了一个地方，我提着行李去了，租了一个小间，每天四个比索。哪儿的城市都一样。房屋有高有低。狭窄的街道，满街的人，几乎没办法穿过去，车多得很。吼叫声、喇叭声、脚步声、吆喝声，空气潮湿，难以忍受。

*

我永远也忘不了在阿根廷最初的那几天。第二天清晨，在小屋里，我刚刚醒来，一个老头的声音透过墙壁就传来了，他呻吟、悲叹、哀怨，从他的倾诉中我只听懂了一个词语"战争、战争、战争"①。报纸也以尖锐的吼声宣告战争爆发，但是有谁能够确知呢，因为有人这样说，有人那样说，过后也就烟消云散了，或者不散，互相矛盾，或者不矛盾，不过一切都是灰色的，阴森森的，像下雨时的田野。

这是晴朗而宁静的一天。我迷失在人群中间，我对这样的迷失感到欣喜，甚至对自己大喊："虾米打架，莫捉鳝鱼。"那边有人打起来了！报纸编辑部前面聚集了一大群人。我进了一家便宜的饮食店，花三毛钱吃了点东西，喝了汽水，但是我说（还是对自己）："山羊被剪去羊毛，黄鹂照样健康。"在那边，他们的毛正在被剪去！接着，我走到河边，那儿空旷、宁静，微风习习，我对自己说："红雀美声鸣啭，

---

① 原文为西班牙语：guerra, guerra, guerra。——译注

獾子掉进陷阱挣扎。"他们在那边一点也挣扎不出来……谷仓后面,大洋后面,森林后面,是一片可怕的尖叫声、马嘶声、打斗声、杀人声、求情声、不予宽宥声——魔鬼才知道有什么,甚至连魔鬼也不知道!

于是我说:"我还到公使馆去干什么,公使馆我是不会去的,既然瘦马太瘦,就让它死了吧。"就都死在那儿吧。我又说:"我发誓,凭我的所有赌咒:我不会去掺和这样的事,因为这不是我的事,如果他们必须牺牲,就让他们牺牲吧。"但是,我的目光停留在一条小虫子身上,这条小虫子正沿着一根草茎往上爬,我还看到,这条小虫子在这个地点和时间,在这个时刻在那个海岸上,在大洋彼岸,同样也在往上爬、往上爬、往上爬,于是一股最严重的恐慌袭击了我,我想,最好还是去公使馆,一定去,是啊,一定去,一定去,耶稣,马利亚,一定去,一定去……于是我就去了。

公使馆位于一条比较华贵的街道。走到那栋建筑物前面,我站在那儿,心里想,去呢,还是不去,因为既然我背离了信仰,是一个亵渎分子,为什么还要去见主教呢。立即出现一股最可怕的虚荣,我的骄傲,这样的情绪从我儿童时代起就一直指导我反对教会!因为母亲生我不是为了这个,不是为了我的智慧、我的崇高、我的创作和我本性的不可比拟的翱翔；洞察力强的目光、骄傲的前额、敏锐而激烈的思想不是为了让我到一个住宅似的小教堂、糟糕的小教堂去做弥撒，啊，很可能是更糟的、更廉价的弥撒，加入更寒酸廉价的唱诗班，点燃劣质的、劣质的香，跟长相平庸的其他同胞一起犯傻发呆！啊，不，不，我贡布罗维奇不是干这个的，不会在昏暗不明甚至疯狂的祭坛前面下跪（他们要打人），不，不，我不去，谁知道他们要怎样对待我（他们要射击），不，不，我不愿意到那儿去，那是讨厌、阴暗的事（他们要谋杀。谋杀！）于是，在谋杀、鲜血和战斗中，我进了这栋建筑物。

里面静悄悄的，楼梯宽大，铺了地毯。在入口处，一名门童对我行礼，带我走上楼梯去见秘书。二楼有宽敞的圆柱大厅，里面昏暗、凉爽，通过彩色窗玻璃射进来的光线，落在檐板、沉重的石灰结构和镀金器件上。出来会见我的是博茨罗茨基参事，身穿蓝黑色制服，戴着礼帽，戴着手套，轻轻拿起礼帽，轻声问我来意。我回答说，想和公使阁下谈谈，于是他问："和公使阁下吗？"我回答说："和公使谈话。"他说："和公使，和公使本人谈吗？"于是我回答说，是的，我想和公使阁下谈话，于是他低下头对我说："你是说和公使先生本人谈话吗？"我说，是的，和公使本人，因为事情重要，他回答说："啊，不是和参赞，不是和领事，而是和公使谈话，是吗？为什么呢？有什么目的？这儿的人，你认识谁？你是谁？是谁的朋友？找谁来了？"他就这样开始盘问，越来越尖刻地追问我，审问我，最后开始搜身，从我衣袋里掏出一根绳子来。这个时候，大厅深处的门打开，公使阁下向外张望，因为他已经认出我，所以对我点了一下头；因为他点头，这个参事立即连连鞠躬，扭动着屁股，挥动着大礼帽，把我带进了办公室。

*

科修比茨基·费利克斯公使是我生平遇到的最奇特的人士之一。瘦而显胖,有点肥壮,鼻子也是瘦而显肥,眼睛没有神情,手指头瘦而显肥,脚也是瘦而显肥,或者肥壮,他的秃顶像铜打的一样,他用力梳理上面的几根黑头发;他喜欢眨眼睛,隔一会儿眨一下。他的动作和态度都显示出对一己高度尊严的器重,自己的举手投足都给自己带来荣誉,也有力地、不间断地给与他谈话的人带来荣誉,所以跟他谈话的人几乎都要下跪似的。我立即泪流满面,拜倒在他的脚下,亲吻他的手,奉献出宗教仪式、热血和所有的一切,请求他在这个神圣的时刻,按照神圣的意志和他自己的理念雇用和支配我。他听取我的解释,最诚恳地为自己和我增添荣幸,他为我祝福,翻了一下眼皮,说:"我最多给你五十比索(他掏出钱包)。不能给你更多,因为我也没有。但是,你如果愿意去里约热内卢,在那儿赖住那个公使馆,那我可以给你出路费,为了摆脱你,再给你追加一点,因为我不想在这儿看到作家:因为他们只会挤奶和狂吠。所以,你去里约热内卢吧,这是我给你的忠告。"

所以嘛,惊奇,天大的惊奇!我又拜倒在他的脚下(我认为他没有很好地理解我),向他供奉出我的人格。于是他说:"好吧,好吧,给你七十个比索,你不要再挤奶了,因为我不是母牛。"

我看出来了。他用钱来摆脱我;已经不是用钞票,而是用硬币了!受到这样严重的侮辱,热血涌到我的头部,但是我没有说话。我回答:"我明白,在阁下看来,我一定十分渺小,因为阁下想要用小钱儿把我打发走,肯定把我列入了一万名作家的行列;而我不仅是作家,我还是贡布罗维奇!"

他问:"哪一个贡布罗维奇?"我回答:"贡布罗维奇,贡布罗维奇。"他翻了一下白眼,说:"好吧,既然是贡布罗维奇,给你八十比索,请你再也不要到这儿来了,因为爆发了战争,公使很忙。"我说:"战争。"他说:"战争。"我说:"战争。"他回应我:"战争。"我回应他:"战争,战争。"他害怕了,怕得非同小可,脸都发白了,于是翻白眼瞥了我一下:"怎么,你有什么新闻吗?有人告诉你了?都是什么新闻?……"但是他一下软了下来,哼了两声,咳嗽两声,挠了挠耳朵后面,还拍了我一下:"没什么,没什么,不必害怕，我们会战胜敌人的！"于是他又大声呼叫："我们一定战胜敌人！一定战胜！"他站起来，高呼："一定战胜！一定战胜！"

听了他的呼喊，看见他从椅子上站起来庆祝，甚至颂扬，我又下跪，参与这一庆祝活动，呼喊："一定战胜，一定战胜，一定战胜！"

他呼了一口气。翻了个白眼，说："我发誓，一定战胜，我已经对你说了，我对你说，就是让你不要说我跟你说过我们不会战胜，因为我跟你说的是我们一定战胜，一定胜利，我们要用强壮的、最优秀的手，把敌人砸成肉酱、打成烂泥，用马刀、长矛砍杀，消灭敌人，在我们的旗帜下，威风凛凛，啊，耶稣，马利亚，啊耶稣，啊耶稣……我们要把他们碾碎、杀光、戳烂、摧毁！你干吗瞪着眼睛？我跟你说了，我们要消灭他们！你已经看见了，听见了，公使本人，优雅的公使说了，我们要消灭他们，大概你看见了，正是本人在你眼前行走，振臂高呼：消灭他们！你不能胡说八道，说我没有在你面前行走、没有说话，因为你看见了，我在行走、在说话！"

说到这儿，他显得惊奇，睁大眼睛瞥了我一下：

"是我在你面前踱步和说话呢！"

然后他说：

"公使本人，公使在你面前踱步、说话……如果公使阁下坐在这儿跟你花这么多的时间，还在你面前踱步、说话，甚至高呼……你不至于不为所动吧……请坐吧，编辑先生，坐下。怎么称呼呀，请问？"

我说："贡布罗维奇。"他说："是的，是的，我听说了，听说了……我在你面前踱步、说话，怎么没听见呢……应该援助您这位善人，因为我知道自己对于我们民族文学的义务，而且作为公使，一定要帮助你。所以嘛，你是作家，可以推荐你给报纸写文章，赞扬、歌颂我们伟大的作家和天才人士，为此，按克拉科夫市场价格，我每个月付给你七十五比索……再多我也没有了。裁缝是有多少布，缝多大的衣裳。水坝得配合水池的大小。你可以赞扬哥白尼、肖邦或者密茨凯维奇……敬畏上帝吧，我们必须赞扬我们自己的一切，不然就会被别人吞掉！"他情绪高涨，说："这话说得恰到好处，对于作为公使的我，和对于作为作家的你，都是一样的。"

但是我说："上帝奖掖你……不，不。"他问："怎么回事？你不愿意颂扬吗？"我说："我感到羞耻。"他呼喊："为什么感到羞耻？"我说："羞耻，为我们自己的人！"他翻白眼，翻白眼，翻白眼！"你有什么羞耻的，真是岂有此理！"他嚷起来，"你不赞扬自己人，谁来赞扬？"

但是他吁了一口气，说："你不知道吗，狐狸都赞扬自己的尾巴？"

于是我回答："我得到了阁下的恩惠，但是感到十分羞耻。"

他说："你变成一头驴啦，变得糊涂透顶了，你没有看见，现在打仗了，现在这个时候，正是需要大男人的时候，没有他们，鬼知道要出什么事，而我，身为公使，给我们民族增添了荣誉，唉，该拿你怎么办呢？要不，我撕烂你的嘴……"但是，说到这儿他戛然打住，又翻了个白眼，说："等一等。你是文学家吗？你都胡写了什么东西呀？写了什么书呀？"接着他呼叫："博茨罗茨基，博茨罗茨基，到这儿来。"参事博茨罗茨基跑来了，公使翻白眼瞥了他一下，然后和他悄悄地谈话，还翻白眼瞥我。我只听见他们叽咕："狗屁！"参事对公使叽咕："狗屁！"公使对参事叽咕："狗屁！"参事说："虽然他是个狗屁，但是眼睛、鼻子都好，而且脑门子也好！"公使说："狗屁，没有别的，因为你们都是狗屁，我也是狗……但是他们也是狗屁，有谁知道呢，有谁知道，没有人知道，没有人明白，狗屁，狗……"

"狗屁……"参事说。公使说："让他出去！我在这儿走几步，然后使劲打！看好，让他起步走，走，走，在大厅里走，皱眉，低头，大喘气，嚎二十声，直到他昂首阔步，翻白眼，然后你说：这是我们的荣耀！荣耀，因为我们款待伟大的波兰作家，也许是最伟大的作家！这是我们伟大的作家，也许是天才作家！博茨罗茨基，你打哈欠干什么呀？欢迎我们伟大的狗……就是说……我们的天才作家！"

于是参事向我深深一鞠躬。

于是公使先生向我鞠躬！

我看出来，他们在嘲笑我，在欣赏他们开的玩笑，因为受到侮辱，我真想痛打公使一顿！可是公使让我坐在椅子上。参事博茨罗茨基对我大献殷勤！公使先生询问我的健康，眼睛却细看肯定值三十六美元的毛绒帽子，参事继续献殷勤！参事请求我在来访纪念册里留言签名！于是公使扶着我在大厅里走一圈，参事紧跟，蹦蹦跳跳的！公使说："我们光荣接待贡布罗维奇！"参事博茨罗茨基说："贡布罗维奇是我们的客人，天才的贡布罗维奇！"公使说："属于我们光荣民族的天才！"博茨罗茨基说："我们伟大民族的伟大人物！"

所以嘛，这是我的一次奇遇，最奇异的遭遇，一件罕见的事！因为我知道，这都是些狗屁，他们把我当作狗屁，这一切都是狗屁，我恨不得给这些狗屁们当头一棒……这不是别人，而是公使本人，还有参事……如此重要的人物为我服务、对我表示尊敬，我感到羞怯，心里惶惶然。在这个大厅里，公使和参事为我奔忙，对我鞠躬行礼，跟着我急跑，但是，我是见识过这些狗……高位、尊贵和分量的，我没有办法摆脱、逃避这些奉承！我好像一个甜李子掉进一坨狗……里，哼！

这时候公使吁了一口气，话语听着更仁慈了："你记住，狗屁，你在公使馆得到了应有的敬重，现在你要注意，不要当着众人的面给我们带来羞耻，因为我们是把你当成伟大的狗……天才贡布罗维奇介绍给外国人的。宣传要求这样，要让人知道，我们的民族有许多天才。一定要介绍给外国人，对不对，博茨罗茨基？"参事说："肯定的，狗屁们是一点也不知道的！"

到了街上，我才发泄了一番我强忍住的恼怒！唉，怎么会这样，这是从何说起，唉，出了什么事啊?！啊耶稣，啊上帝，我怎么又被活活捉住，像一只掉在陷阱里的狐狸一样？我就永远也摆脱不了我这样的命运了吗？我又得重复我永恒的命运、住进永恒的监狱吗？我的过去把我像一根麦秆那样随意摆布，过去的灾难卷土重来——这时候，我应该像一匹马一样奋力搏斗，像一头狮子一样颤抖、咆哮，要用利爪战斗，冲撞这座新监狱的铁栏！唉，我为什么到这个该死的公使馆去呢?！就因为这些狗屁们寻求伟大，他们需要伟大、伟大英雄人物的天才，以便对世人炫耀，我们有天才的贡布罗维奇，我们要表明，我们有何等的荣誉、何等的功绩，有什么样的宫殿、什么样的家具、什么样的挽具，这些东西何等的堂皇、何等的艳丽：你们敬畏上帝吧，不要让他人打烂我们的屁股，因为我们有天才的贡布罗维奇！

狗屁的公使阁下这样下贱地变脸，无非是向外国人施用障眼之法，想着可以轻而易举地说服美洲人，他如果给我鞠大躬，在这些人面前，我就会像一块发面那样膨胀起来。不可能！没有的事！在我极度的愤怒中，我已经一次又一次把这个狗屁公使撵走、轰出去，用垒球棒子，用大棍子！这个可恶的狗屁公使，不尊重自己的民族！可恶的民族，不尊重自己的儿子！可恶的人和可恶的民族，全不尊重自己！我忘乎所以，这个公使、全部的办公室、荣誉、头衔、我们的时代、我们的生活、民族、国家——狗屁、狗屁——摧毁，用大棍子、用垒球棒子砸烂，再把这个白挣工资的狗屁公使开除、解雇；在我已经把他开除、赶走五十次或者六十次以后，我还要解雇他、赶走他！到这个时候我才注意到，我引起了行人的大笑，他们正在斜眼看着我呢。

我紧迫的经济状况迫使我采取行动；我必须到佛罗里达大街去，在那儿和切奇绍夫斯基见面。我已经说过，佛罗里达大街是这个城市全部街道中最繁华的一条；那儿有商店，有各种各样美丽的建筑设施，有咖啡馆、糖果点心店；禁止车辆通行，充满了行人，阳光灿烂，街道发出光辉，闪现亮光，就像孔雀开屏一样。

我天生胆小，也许还有怯懦，我无法更确切地向切奇绍夫斯基说到公使那儿发生的事，只是提及我和他是在恼怒中分别的。"哟，"他说，又扭动大拇指，"你为什么到那儿去呢，我不是跟你说了吗，让你别去那儿，虽然你去也许是对的。你打歪了他的鼻子，打得好，也许不好，因为现在他要反击、反击、反击了，唉！快藏起来，藏在耗子洞里，因为如果你不藏起来，他们会找到你的！但是，别藏起来，别藏起来，我说，因为如果你藏起来的话，他们会寻找你的，只要一寻找，就能找到你。"但是，我们谈话的时候，已经来到了佛罗里达大街！街上的橱窗后面，昂贵的食品闪闪发亮，引人注目，街面上熙熙攘攘，行人成群，彼此哈腰点头地问候。

我这位切奇绍夫斯基一而再、再而三地对熟人露出笑容，或者做出手势，或者深深鞠躬，同时轻声告诉我："你瞧，瞧，看见罗特费德罗娃女士了吗？那个是平采尔主任，这个是科塔日茨基主席，嗨，嗨，您好，主席！这个是马齐克，这个是布穆齐克，这是库拉斯基，这个是波拉斯基！"我在他身旁走着，也频频鞠躬行礼，对左右两侧露出微笑，佛罗里达大街曲折蜿蜒，处处闪光，小姐们花枝招展！

"你瞧，克莱伊诺娃女士站在那儿呢！这个是卢贝克，一个职员。"但是越来越稠密的人群走来。在橱窗前面站住，观赏展品，从一个橱窗走向另外一个。又有人观看黄灰色领带，很时髦的领带，价格五点七五美元；另一个人陪着太太观看红色斑驳图案的地毯，三百五十美元；第三个看英国带扣，九十九美元；第五个人观看五金零件和风扇。那个女人观赏泡泡纱丝质内衣，这个女人观赏奈尔森式箭头双层底皮鞋，这个男人欣赏波斯-阿斯特拉罕烟斗、晚餐餐具，还有肉桂。他们看到一只黄色羚羊皮手提箱，三百二十美元，说："这叫什么手提箱啊！"但是也有标价八十五美元的小桶，不错，还有斗篷，还有披肩呢。"我倒应该考虑买七块两毛钱的巴拿马草帽呢。""我想买这件针织衫。""那个温度计，或者气压计都顶用呢。""不过，您瞧，这把弯把儿的雨伞卖四十二美元，我昨天看见一种英国造的，比这个好，才卖三十八美元！"就这样，顾客们从一家商店到一家商店，看这个，看那个，货比三家，又看又说，接着又走到另外一家商店，又说，说了又看。

*

然后切奇绍夫斯基拉住我的手:"你是在一顶帽子里出生的吗?没看见男爵吗?男爵在那儿站着呐,你碰上男爵啦,就在那个橱窗前面嘛,就他一个人,没有助手,咱们赶快找他去,或者不去,跟他谈你找工作的事,或者不谈!您好,您好,亲爱的男爵,身体好吧,生意顺利,还是不顺利呀,这是贡布罗维奇先生,由于回国的路断绝,滞留于此,和我们一起经受动荡和恐慌,而且正在找工作!"男爵看了我一眼,非常诚挚地拥抱了我。他很高兴,后退一步,跳着过来,又用力拥抱我。"到家里来坐坐,喝几杯吧。"他邀请我到他家去,然后又寻找夫人,夫人不知到哪儿去了,他很想让夫人来见我。"请您星期二到我家来!我们很荣幸!"但是切奇绍夫斯基说:"给他找一个工作吧,他需要工作,我们像一股烟一样追赶着您呢:既然荣幸会见,就请多加照顾。"男爵高声说:"哪儿的话!需要工作吗?都已经解决了。您不必费心了。今天我就安排好,我的合伙人通过,请您当我的秘书,薪金是一千到一千五百比索!这有什么!解决了！工作时间，你自己决定！就这么定了！现在该吃点什么、喝点什么了！"

于是我们和男爵一起去饭店，在阳光照耀下，一切都已经安排就绪，我似乎找到了一个优秀的保护人、慈父和国王。啊，感谢你啊，上帝，从今以后，我的生活会比较容易了，操劳和忧虑都已经过去，已经消失，可是，上帝啊，这儿又出了什么事，为什么这个国王、男爵，忽然间热情消失、不再说话，不理我、对我冷淡了，为什么我的太阳藏到乌云后面去了？……哟，是佩茨卡尔，佩茨卡尔发现我们了！

佩茨卡尔是男爵的合伙人，比他矮，比他敦实；男爵体面大方，有男人气概，高贵，而这个佩茨卡尔就像狗嘴里吐出来的，或者谷仓后面钻出来的。男爵的话他不听，男爵告诉他说，已经雇用我——他的一个朋友——当职员，但是佩茨卡尔的全部回答就是先冲着我又冲着男爵发出哼哼的声音，吐了一口唾沫，说："您从驴背上掉下来啦，怎么不跟我商量就给公司雇人，你是一个呆子吗？好，那我就把您雇的人撵走，滚，滚，滚！"这股可怕的地痞口气令男爵震惊，他一时说不出话来，然后才大声说："我禁止你这样！不许你这样！"佩茨卡尔不怕他，说："禁止你自己吧，你禁止不了我！你要禁止谁？"男爵喊叫："你不要当众出丑！"佩茨卡尔喊道："得意的人，得意的雇员，我要砸烂你这个得意的雇员，把他打倒！"他向我挥舞拳头，似乎快要打了过来，打死我，把我打倒，这头牲口，这个刽子手要打死我，我大难临头了，可是，又怎么了，这个刽子手忽然住手，不打人了？啊，原来男爵的第二个合伙人，丘穆卡尔，不知从哪儿钻出来了！

丘穆卡尔瘦骨伶仃，黄头发，眼睛突出，红褐色皮肤，他摘下帽子，对我伸出一只大红手："我是丘穆卡尔！"这句话令佩茨卡尔十分惊奇。佩茨卡尔大声喊叫："你们救救我吧，我要打他，他却用爪子乱抓，我还没见过这样的大白痴、大笨驴！你来干什么，干吗多管闲事？"男爵喊道："我禁止他这样！我不许他这样！"他的喊叫声把丘穆卡尔吓坏了，丘穆卡尔把一只大手伸到衣袋里，开始乱掏；可是他立即因为这样乱掏而感到羞耻，便装作在衣袋里找什么东西；他这个模样更是让男爵和佩茨卡尔火冒三丈。"你找什么呐，笨瓜，"他俩吼叫，"找什么，没脑子的，到底找什么？！"丘穆卡尔羞怯得满脸通红，像一个红色甜菜疙瘩，他不仅从衣袋里拿出手来，还连带掏出瓶子的软木塞、揉皱的碎纸片、一个小勺和几条细小的鱼干。他们一见那鱼干，便都不做声了……那几条鱼干弄得场面十分难堪。

我还记得切奇绍夫斯基对我说的话：这些人，就像其他合伙人那样，总是有过去的恩怨、遗毒和愤恨，显然是因为一个什么磨坊、一段堤坝的事；就是出于这样的原因，佩茨卡尔看见这些小鱼，就气呼呼地叫将起来："我的鲫鱼，我的鲫鱼，你得赔我，赔我，我非把你赶走不可。"但是男爵只是动了动喉结，咽了一口唾沫，整了整衣领，说："总账。"丘穆卡尔回答："谷仓因为荞麦失火。"于是佩茨卡尔斜眼瞥了一下，嘟嘟囔囔地说："当时有水。"然后他们就都这么站着，站着，直到丘穆卡尔手挠耳朵后面；他挠耳朵后面时，男爵揉踝骨，佩茨卡尔搓右腿的胫骨。男爵说："别挠了。"佩茨卡尔说："我没有挠啊。"丘穆卡尔说："是我挠了。"佩茨卡尔说："我要挠你。"男爵说："挠吧，挠吧，你就是干这个的。"佩茨卡尔说："我不会挠你的，让秘书挠你吧。"男爵说："我叫秘书挠，他就会挠的。"佩茨卡尔说："我要雇用这个秘书，带他走，想挠就让他挠，虽然你是生在老爷家的老爷，我是生在土包子家的土包子，但是他想挠，挠的是我，不是你。"男爵说："不管谁是老爷家的老爷，谁是土包子家的土包子，你不能雇用这个秘书，是我雇用，他给我而不是给你挠痒痒。"

丘穆卡尔立即痛心大哭起来，嚷道："啊，救救我吧，救救我吧，你们把什么都拿走给你们挠痒痒，让我受损失、受苦难，我要雇用他，雇用他雇定了！"于是他们开始拽我、拉我，互相争夺，拽呀拽的拽个没完，一直拽到一座房屋前面，那儿有台阶，上了台阶又拽呀拉的，都要把我拉到自己的身边，左面有一道小门，上面挂着一个小牌子："男爵-丘穆卡尔-佩茨卡尔骏马家犬公司"，门后是一间宽敞的前厅，有点昏暗，里面有几把椅子。男爵请丘穆卡尔落座，丘穆卡尔请男爵、佩茨卡尔落座，佩茨卡尔请丘穆卡尔、男爵和我落座，他们都以最真诚的态度请我稍等，走进另外一间办公室，那个房间的门上写着"资产与交易管理处，闲人免进"。

只剩下我自己（切奇绍夫斯基早就不见踪影了），在我们闹闹哄哄进门之后的寂静中，我怀着很大的好奇心观察四周。这几个人的怪异（在我以往的生活中，很难找到比他们更怪异的人）和他们互相的揪扯叫嚣令我不太愿意继续和他们展开任何交往，但是得到一份稳定而薪水可观的工作的希望迫使我留下了。我已经说了，这个前厅昏暗，贴满了颜色灰暗的墙纸，可是纸在很多地方都翘起来……还有污点……或者窟窿，或者轻微的破损，苍蝇留下的麻点起到了修补作用，一个烛台上插了蜡烛，到处都是烛油点子。地板有破损，被踩出痕迹来，角落里有旧报纸，一条鞭子不知从何处发出响声，报纸也发出沙沙声，轻微颤动，肯定是老鼠在报纸下面活动呢。忽然，有一只鞋开始活动起来，接近烟草，一个小虫子从地板缝里爬出，努力向一点糖渣爬过去。

在这些响声之中，我轻轻推开下一个房间的门。这是一间很大的厅，长方形，昏暗，有一排桌子，职员们坐在旁边，低头努力研读记录、登记簿和卷宗；文件极多，都堆放着，堆放着，人几乎动弹不得，因为地面上也到处都放着大堆的文件和记事本；橱柜上面的登记文件甚至堆到了天花板，快要挤出窗户，占领整个办公室。如果有一位办公员动一下，就会发出沙沙声，像纸堆里的老鼠一样。然而，在文件堆里，还有其他许多的物件，例如水罐，或者弯曲的铁皮，还有破托碟、调羹、撕碎的围巾、掉了毛的牙刷，再远处还有砖块、瓶塞起子、咬剩下的面包、一堆旧鞋，还有奶酪、羽毛、水壶和雨伞。离我最近的一个老而消瘦的职员坐着，对着灯光检查一个钢笔尖，用手指头试验它，他大概患中耳炎，因为耳朵里塞着棉花球；他旁边是另外一个职员，年轻、红脸蛋，正在用算盘计算，同时在啃一根香肠，再远处是一个女职员，头发梳成发卷，正在对着小镜子细心审视，整理发卷，远处还有职员，总共有八九个人吧。有的人在写东西，有的人在查阅登记簿。这时候下午茶送到，厚实瓷杯盛了咖啡，大盘子上有小面包，于是全部职员中止工作，围上来吃小吃，闲谈照例立即开始。一看到这些职员喝咖啡，我就笑了！因为一眼就可以看出，他们在这间办公室坐了多年，每天喝同样的咖啡，咀嚼同样的小面包，用同样的老掉牙的笑话娱乐——说半句知全文的笑话。

于是那个女职员把头发往后一梳，说"扑通！"（肯定说了一千次了），坐在她后面的胖出纳大声呼叫："一杯两杯酒，老娘扭一扭！"这句话引出巨大的欢乐，所有的职员都哈哈大笑，捧着自己的肚子！笑声刚在文件堆里消失，老会计师就用手指打了个响指……大家已经笑得东倒西歪，因为都知道他要说什么……他说："扭呀扭，老娘精神更抖擞，咕咚咕咚干了一桶酒！"小职员们兴头变得更大，在文件堆里发出沙沙声。但是女职员用左手小指托着右脸的腮帮子！但是女职员的腮帮子支在左手小手指上……于是会计师猛拍了一下年轻的红脸下级职员的后背,对他小声说:"眼泪可惜了,眼泪可惜了,尤泽夫,尤泽夫,因为还有铅笔刀、托碟,苍蝇,有一只苍蝇!"

我不能理解,会计为什么对他说起眼泪的事,他没有哭啊……但是就在这个时刻,红脸蛋的簿记员因为看见了这根小指头而抽噎起来!我又控制不住笑了起来:因为很可能年复一年、多年来,这根小指头,还有这个脸蛋,都在不断地撕开簿记员心里的创伤,而多年来他这个伙伴一直在好言好语劝解他;可是,簿记员没有哭,但会计仍然来安慰他,表演的次序弄乱了,结尾变成了开端!女职员把一块手帕往上一扔,出纳员打起喷嚏,老会计直抹鼻子!他们一发现我,都感到十分难堪,便又像老鼠那样钻进了文件堆。

但是,这时候我被带到了合伙人那儿。我被带到一个小房间,这里也堆满了文件和破旧卷宗,除此之外,还有一张老旧的铁床,立在墙脚下,还有水桶,还有洗脸盆,窗户上有双道铁栏,还有鞋,还有粘蝇纸。男爵就像抱着一只板条箱似的抱着佩茨卡尔,丘穆卡尔正在念登记簿里的收据。三个人都冲我说:"给我挠痒痒!给我挠痒痒!给我挠痒痒!"

我毕生见识过许多奇异的地方和奇异的人士，但是这些地方和人士，根本没有像我生活境遇中现在这一次遇到的这些怪人怪事这么奇怪。男爵、佩茨卡尔和丘穆卡尔之间年深月久的争吵始于一个磨坊，他们得到一个别人用来还债的磨坊，磨坊被分成三等分；后来，他们先后在三家酒店协商，结果却争吵得更厉害。后来因为一个酒坊（豪绅才可以拥有的产业，他们在债务清偿拍卖会上买下来的），争吵变本加厉，而且更加恶毒。平分资产几乎是不可能的，因为法院的判决被三方的每一方上诉两次，听证会六次推延；最后，因为缺乏书面证明，法院实施了一次调查，调查发现有两份不同的拍卖记录。他们以侵吞财产、威胁、意图谋杀、谋杀的罪名互相控告，还有两次袭击和一次侵占六个宝石别针、一个戒指的官司……就是这样无穷尽的控告、袭击、殴打、争吵、辱骂、意图谋杀、掠夺财产和扫地出门。然后他们将酒坊拍卖，以均股干起了马狗生意，他们收购家犬和骏马，高价卖出，从中获利。但是，虽然生意获利极高，公司却面临破产的威胁,因为,看官诸君,数不胜数的往日恩怨、恶斗、愤恨、苦涩、伤痛、咒骂,真是没完没了。

但是这样的争斗与其说源于财务问题,不如说源于不同性格之间的矛盾。男爵像一只土蜂,不断地嗡嗡叫、到处飞,走路像跳舞,像孔雀开屏,像雄鹰翱翔;而佩茨卡尔像一头公牛,哞哞地叫喊训诫,野声野调,一股子匪气;丘穆卡尔爱管闲事;男爵好像一辆驷马马车,不断下命令,吹喇叭;佩茨卡尔满脑子滑头的粗糙心计,瞪着眼观望;丘穆卡尔手里攥着帽子等着插嘴;而男爵受控于绵延不绝的奇想、情绪、怪癖和空想;佩茨卡尔欠揍个嘴巴,或者脱掉裤子,丘穆卡尔阿谀奉承,时时偷懒……所以嘛,一个想要用一羹匙的水把另外一个淹死,但是,在无尽无休的打官司、传唤、争吵中,在没有尽头的撕咬交往中,一个人对另外一个就好像组成一个词的字母,像白菜和豌豆的烩菜混合炖在一起,大概是谁少了谁也不能生活,在这发霉的奶酪中,在一只瘦小的旧鞋里面,脚趾头都挤得弯着,彼此讨厌,却还得在一起。所以嘛,得在一起!所以嘛,彼此得凑合着!他们已经忘记了上帝的世界,只剩下他们自己,凑合着在一起,自己和自己在一起!而且,从旧日堆积起来的许多旧物,许多会议、怨恨、形形色色的话语、软木塞、清水瓶子、双层铁栏、铁壶、各种破布、骨头、曲别针、托盘、铁片,所以如果有生人到他们这儿来,完全不能预知他们会对自己说什么、做什么,因为一个软木塞、一个水瓶或者一句话随意扔出来,立即会让他们想起往事,就像教堂塔楼上旋转的风信鸡似的。

所以嘛,如果不是丘穆卡尔衣袋里掉出来的那些小鱼,如果不是登记簿和挠腿挠痒痒的事,大概我不会被他们雇用当职员的。但是,同样因为一个小的水瓶子或者箱子,给我的报酬不是男爵应承的一千或者一千五百比索,而是一百八十五比索。年龄最大的职员带着他们的记录和文件来见三位老板的时候,看官且听:三个人永远不知道自己会给他鼓弄出什么结果、什么决定来:因为佩茨卡尔向男爵提出决定,男爵再向丘穆卡尔提出,丘穆卡尔再向男爵和佩茨卡尔提出。所以嘛,指令很多,命令很多,事务很多:马匹出让、不动产过户,还有担保、分红、有人送狗来当——几条斗犬,累进利息,当票兑现;所以他们写文件、记录、算账、发传票、延续抵押,或者减息;看官,这也不算什么,在这一切的后面,有一条年深月久的青鱼,或者十七年前男爵咬了一口又扔给佩茨卡尔的一个小面包。

　　第二天早晨我去上班报到，在职员之间——像是在同事之间，我坐下了，这才发现我的工作是多么困难。职员们都沉浸在文件之中，专注于自己的账目，自己的任务、工作，对我这个新手不予理睬，看都不看一眼；而他们的烂纸、他们的破旧茶缸，无法理解，深不可测。

　　老会计波帕茨基让我填表，但是，鬼才知道填这个表有什么用；这是一个身材不高的人，很瘦，戴着角质黑边眼镜，像一个干透了的木乃伊，头发稀稀落落的，像一个小花环扣在秃顶的大脑袋上；手指头又长又干。他时时查看我的工作，一会儿改一个数字，还挠挠自己耳朵后面，要不就擤一下鼻涕，从衣裳上抖掉灰尘；他最喜欢往窗户外面扔面包渣，喂麻雀。啊，可以看出来，这位老会计是个好人，实实在在的好人，虽然他慢腾腾努力工作的样子和对一切事情超常的细心让我常常要笑出来，但我却努力避免做什么可能引起这个亲爱的小老头不快的事；甚至吸他的烟叶，他的烟叶可能在耗子窝里放过几年，还加上了干蘑菇，还有他开司米毛衣的味道。

　　但是，说句实话，我笑不出来。虽然在那儿能够得到生活的保证，但是我的整体境况是这样的：身处异邦，不熟悉的城市，缺少朋友和可信赖的同伴，这份工作的怪异……这让我感受到某种恐怖；另外还有，在大洋彼岸，正在进行激烈的流血战斗，许多人，我的许多朋友和亲戚现在不知在哪里，正在干什么，也许已经把灵魂交给了上帝。虽然当时远在天涯，远隔大海重洋，但是人还是小心谨慎为妙，说话压低声音，行动不要张扬，以免惹出祸事，要像兔子一样蹲在田垄下面的窝里。所以，我在墨水瓶上面发现一小块面包渣之后，就常常审视它，甚至还用钢笔尖触动它呢……

然而，我和公使馆的事最是让人气不打一处来。倒也不是说公使阁下对我的一番盛情被冲洗干净；我坐在办公桌前面填表，他们也干自己的事，有谁知道，他们是不是又在算计我，而我一无所知？于是我坐在这儿，写字，心里在想他们要拿我怎么样，要通过我得到什么，怎么利用我。我的预感没有欺骗我，因为晚上我回到住处的时候，有人给我送来公使的一大束红色和白色的倒挂金钟，同时还有参事先生的一封信。参事在信里以极其客气的言辞说明，明天他来接我一起赴画家菲奇纳迪那里参加晚会，光临晚宴的都是本地的作家和艺术家。除了这封信和这束鲜花，我还收到了另外两束鲜花，都来自本地机构的主席，花束附有缎带和相应的赠送者附言。除此之外，一群小童来到，在我的窗前唱了颂歌。

这不是活见了鬼吗！我要蹲下的时候，他们高举烛台为我照亮！我的女房东因为我受到敬重和吹捧而大惊，根本不理睬我表示想要继续住这间小房屋，而让我搬进最好的一套房：在这个困难而不安全的时期，我不能住在一个小房间里，必须住在有两个窗户的大厅里。关于我如何杰出、如何伟大的消息像飞箭一样在这儿的同胞当中流传，所以到了第二天，办公室里人人向我深深鞠躬，说话极尽客套，当着我的面再没有人说笑话。

唉哟，真是见鬼了，见了鬼了！称赞愈发张扬，公使阁下显然不顾我的意志，也不理睬我强烈的反对态度，继续我行我素，要把我宣扬到所有的地方去。只好由着他，我干吗要出现在他面前呢，真是的！而且这是危险的举动！在平常时期组织这种浅薄无聊的事也罢，但是眼下国内那边纳粹正在杀人、在屠杀，最好还是静坐、等着瞧，小心谨慎，不要自找麻烦。

我连连发誓，下定决心，不参加这个招待会，不参加以后神圣的——唉咳哟——大概也是愚蠢的、不足道的庆祝活动，不允许别人损害我的人格。不过呢，也有必须在意的要点：如果我顶住公使阁下良好的愿望，也许所有的人就会把我看成叛徒，这在现时的情况下是极为危险的。而且，对于一个从童年时期就已经饱尝了蔑视的人来说，同胞的推崇是甘美的……在这儿，好像美好的预言已经实现似的，人民开始向他鞠躬、脱帽。他又受到了诅咒，崇敬是骗人的，和魔鬼一样无足轻重！但是这崇敬神圣、令人喜悦又真实，一如我的前额、我的眼睛、我的思想、我的真理、我真诚的心灵、我的歌声、我的尊严！所以嘛，这是我的权利、我的斗篷、我的王冠！人家好意送礼，我不该挑三拣四！所以嘛，我大概应该参加这个集会，让他们在集会上对我随便怎么样好了，因为我要借上帝和我母亲的名义对上帝、对祭坛发誓，凡是在我面前脱帽的人都不会有错，他们的行为都是对的！

所以，你们，狗……们，要耍奸耍滑，就耍吧，为一己私利像母鸡一样乱啄乱刨吧！不管你们呆笨又狡猾的生性如何，我还要按照自己的天性面对，你们这些狗……让我吃，我就大吃面包、大碗喝酒，要酒足饭饱。但是，一旦在招待会上我以真正大师的身份大放异彩，外国人承认我是大师，则公使阁下的愚蠢就再也吓不倒我,他也得尊重我……然后,你就上马,上马,骑上他们给你的一匹马,远走高飞!因此,我要参加招待会,参加!

我回到住处之后,立即打开箱子,刮脸、更衣、打扮,对我自己的大师身份具有超常的信心,而且知道,作为大师,我要高居一切人之上,必须控制他们。嘿,大师、大师、大师、大师!但是,请想象我的惊奇和诧异吧!因为我立即听见身后传来这样的声音:"向我们伟大的作家致敬,向大师致敬!"我跳了起来,呼叫起来,心想这话可能是某个想嘲弄我的人说的,但也有可能是从我自己嘴里发出来的。这时候参事博茨罗茨基到来,他穿着纹布长裤和燕尾服,戴了舒适的大礼帽,对我深深鞠躬:"先生阁下,奉公使阁下之命,我前来迎接阁下。请上车!"

突然出现在我面前的弥天大谎的声音,像是对我的当头一棒!唉,这个狗……为什么把我当成狗……把我说成大师!我随他上了篷式汽车。于是我们乘车前往;虽然彼此给予最高的荣誉、最高的礼遇,但我们心里却知道,他知道我知道他知道我知道,狗屁,狗屁……我和他彼此是强烈蔑视的;就这样,在狗屁和恭维之中……我们来到一座大房子前面。

在这里，我刚下汽车，就有一大堆同胞对我呼喊："光荣，光荣""欢迎，欢迎，热烈欢迎""赞美，光荣"；接着鲜花簇拥上来，好像庆祝圣诞节似的；男爵也在人群中；佩茨卡尔也在；其次还有切奇绍夫斯基、丘穆卡尔和出纳员、簿记和苏菲亚小姐也在，苏菲亚穿着一件黄色缎子长袍。他们也来祝贺我！参事在我身旁，从左边到右边，一直鞠躬，我也频频鞠躬、问候，我就这样满载着荣誉踏进这座房屋。可是里面却静悄悄的。

我来到了这个大厅；这儿有很多人，有的坐着，有的站着；他们正在品尝点心，品尝美酒，手里拿着玻璃杯、高脚杯；忽然有个女人伸出一只手来取酒杯；另外一个地方，有三四个人在观看一本书或者一个瓶子；有些人坐成一个圈子，正在谈话。就是没有人大声说话，没有喧哗，只有异乎寻常的安静，虽然他们都在说话，甚至有些人还面带笑容，但是这些谈话、笑容、呼唤，一点也不兴奋，而是变得细弱，声音压得更低，而且，行动也很奇异，没有行动，像水池子里面的鱼一样。参事弯着腰，用手帕扇风，引着我，向主人介绍我，赞扬我是伟大的大师，波兰天才作家贡布罗维奇。肥胖、滚圆的男主人，鞠躬接受参事对我的吹捧，却不知道如何以礼作答,他忙于会客和寒暄,完全忘记了我们……随后一个金发贵妇,娇小、细瘦,开始跟他谈话,他真的忘记了我们。于是我们呆呆地站在那里。参事带着我走到一位又老又瘦的白头发老头——正好是一位尊贵的客人——面前,对他天花乱坠地赞扬我,于是这老头连忙行礼,刚要赞美我是……却又忘了我们,因为他的一只皮鞋的鞋带松开了。我们又去见第三个人,此人高大,头发灰白,他抓挠了脑袋一下,问道:"这算什么荣誉?"……然后他接过一块点心,一吃就忘了这件事。就这样,我和参事站在那些人中间,无话可说,而我们身后的同胞也干站着,无话可说。不说话。

"等一等,"参事说,"一定要让他们看看。"于是我们都站在那儿,身边的其他客人也站着,大约一百人吧。他们都穿得十分华贵、整齐,因为丝质衬衫或者亚麻布料衬衫价格是十三、十四或者十五比索,领带、领结,或者时髦的长柄眼镜,还有跳舞鞋,鞋跟细长的高跟鞋,手帕、唇膏、英式男士皮鞋——要二十到三十比索。满眼都是男式袜子,他们常常卷起裤腿,很乐于显示这种引人注目的袜子;而女士们则互相观看帽子。互相拍拍肩膀。互相亲密称呼"Amigo,

amigo"（朋友，朋友）——"Que tal?"（怎么样啊?）——"Que es de tu vida, que me cuentas?"（近来很好吧? 说一说啊。）但是，尽管友情切切，真诚无比，谈话却渐渐冷淡下来，或者变了味，因为虽然有人还在说话，但是听话的人却明显走神，因为忘却而不再听对方唠叨，正在观赏对方的袜子。他们也问候起来："杂志出版了吗?"——"为了一篇文章，我付了五十比索。"——"你好吗? 你好吗? 有什么新闻?"——"那块地多少钱?"——"我是自己找到这双袜子的。"

这时候，他们都举起手来，放在头上，大声呼喊："嗨，我们说什么话了? 我们有话为什么不能说? 我们为什么不能尊重自己、赞扬自己? 嗨，为什么这么浅薄? 这样浅薄?"接着他们互相靠近，互相赞扬，互相呼唤"Maestro, maestro"（大师，大师）和"Gran Escritor"（伟大的作家）和"Que Obra"（杰作）和"Que Gloria"（何等的光荣），但是，片刻之后热情散尽，又因为走神而观赏脚上的袜子。

"等一等，"参事说，"等一等……我们一定要让他们看见!"但是，我们还是傻站着。参事脸色苍白，浑身淌汗："表现一下，狗屁，给这些狗屁们表现一下嘛! 不然丢人啊!"我回敬他:"你这个狗屁,我给这些狗屁表现什么呀?"我们的人都站在我后面,知道现在没有人注意我,大概把我当成了狗屁,这些人像魔鬼一样恶毒,大概要用一羹匙的水来淹死我!都见鬼去吧,见鬼去吧,见鬼去吧!鬼!看样子事情弄砸了!我看见,又有人来,什么乱七八糟的男女,不少人都向他们鞠躬、致敬!怪了去了!

第一个进来的是个阔太太,戴着貂皮帽,帽子上面插了鸵鸟毛和孔雀毛,还拿着一个大钱包,旁边有几个马屁精跟班,马屁精后面有几个秘书,后面还有几个文书,几个小丑;小丑们使劲打鼓。他们当中有个人穿了黑衣服,看着比较高贵,而且他进来的时候可以听到欢呼声:"Gran maestro,maestro"(伟大的大师,大师)——"Maestro,Maestro"(大师,大师)……出自仰慕之情,大概有人跪下了;但是有些人继续吃着点心。接着有一圈宾客让开,他站在中间开始隆重的庆祝。

这个人(我可以肯定地说,这样奇怪的人我这辈子还是第一次看到)异常的娇生惯养,而且他还自己娇惯自己。他身穿大衣,戴了巨大的黑色眼镜,好像在一道篱笆后面,和整个世界分开了似的,脖子上围着一条丝巾,上面镶着半圆珍珠，手上戴着黑色亚麻半指手套，头上戴着半圆的黑色帽子。他就这样包裹得严严实实，谁也不理会，时而拿起细水瓶喝一口水，或者用黑色黄麻布手帕擦一下脸，扇一下风。塞满衣袋的文件、纸条，总是会被他弄乱，他腋下夹着书。他拥有超常细致的智慧，他还将其变得更叫微妙，加以过滤，竭力让每一句话在智慧方面都显得更加智慧，所以引起女人们和男人们欢乐的钦佩及感叹（虽然这些人同时还在一直观看他们的袜子和领带）。他不断地降低自己说话的声音，但是，声音虽然低了，听起来却更响亮，因为其他的人，在安静下来。同时，大家更加细心聆听（虽然也根本就没听）；而他，戴着黑帽子，似乎要把自己的一伙人带进永恒的寂静。他时时查看图书、纸条，又把纸条弄乱，把这些纸条当成水一样搅混，用很少的引用美化自己的思想，用自己的思想反复证明，好像周围空无一人似的。他就这样十分随意地翻弄文件和思想，在智慧上变得更加智慧，而他的聪明智慧本身也在繁衍，自己搁浅在自己身上，因而变得和耶稣，马利亚一样的智慧！

这时候佩茨卡尔和男爵对我小声说："将，将他！"公使从另外一边也说："将，将他！弄住他，将他！"我说："我不是狗。"参事小声说:"弄住他,不然要受辱的,因为这是他们最光荣的作家,不能让他们在这儿宣扬他,因为,此时此刻,波兰伟大的天才作家就在这间大厅里!你去咬他,你这个狗屁,你是天才,因为你不咬他,我们就要咬你!"……现在,我的一伙人都站在我身后……我认识到,真是没有别的办法了,我只能去咬他,不然我这伙人就不会给我安宁:而我如果咬了这头野牛,我就会立地成为一头狮子。但是,怎么张嘴咬他呢,这头好像书上的野兽仿佛是杏仁软糖,这杏仁软糖又湿又黏,变得越加智慧,细致而又细致……

于是我对旁边的一个人说话,抬高嗓门,让那个大作家听清楚:

"我不喜欢黄油黄油味太大,面片面片味太大,小米小米味太大,大麦大麦味太大!"

在万籁俱寂之中,我这番高论就像吹起了一阵喇叭似的,引起了会众的注意,拉比中断了庆祝活动,从他所在的那个昏暗的地方,拿长柄眼镜对着我,然后问他身旁的人,那是个什么人……旁边那个人说,是一个外国作家,他感到有点意外,问道,是英国人呢,还是法国人,要不就是荷兰人?但是身旁的那个人告诉他,是波兰人。于是他惊呼:

"波兰人，波兰人，波兰人……"于是他整理一下帽子，对着大腿龇牙咧嘴，乱翻了一阵记录和文件，对他手下的人而不是对着我说：

"有人说，黄油黄油味……这个思想很有意思……不过很可惜不太新颖，因为萨托利乌斯在他的《牧歌》里早就说过了……"

有人开始胡说八道，品味着他的回答，似乎他的答案成了最精致的杏仁奶糖。不过，他们虽然瞎扯，却似乎小看自己的瞎扯，于是瞎扯也就不了了之。在他转向自己人的时候，我在愤怒之余也转向我自己的人，说："我说话，还得管萨托利乌斯说了什么话吗，真是见鬼了！"

所以嘛，我们的自己人立即鼓掌："向我们的大师致敬！反击有理！天才的贡布罗维奇万岁！"他们欢呼，但是他们似乎又藐视自己的欢呼，所以……在片刻之后安静下来。这个时候，那个人在书本、文件中乱翻乱找，一面使劲搓弄他的一条腿，却还是只对他手下人说话："有人说：我说话，跟萨托利乌斯有什么关系。这个思想不错，可以配上葡萄汁待客，不过可惜的是，莱斯比纳斯夫人在一封书信中说过类似的话。"

他们又混说、乱吃，虽然自己也看不起自己这样混说、乱吃……精神逐渐分散，也就住嘴了。所以我就转向自己的人，给他一个好回答，狠狠咬他一口，不让他再狂吠！可是我忽然看到，我这方面的人都红了脸，像着火了一样，就是说，参事红得像一个甜菜疙瘩，佩茨卡尔脸红，还有男爵，而切奇绍夫斯基脸红到了耳根，在那儿呆站着！哎哟，上帝，怎么回事，他们怎么一下子都发烧了？刚才他们还充满了崇敬之情嘛，怎么突然就变了……没什么，爱站就站着吧，红着脸……可同胞的红脸，好像什么人给我的一个嘴巴，让我也顿时脸色绯红，突然在大庭广众之下变得满脸通红，就如同只穿了一件衬衫似的！见鬼去吧，鬼，鬼！怎么连耳朵都红了！

于是我感到难堪，我，堪比一个红脸狗屁，手里捏着帽子，好像光着脚站在那儿；最糟糕的是，不是由于我感到耻辱，而是由于并非我的、虽然也是我的绯红脸色。因为担心这些狗屁会把我看成狗屁，我会面对这些狗屁表现出自己是一个狗屁，我想要砸烂这个狗屁，而且高喊："狗屁！狗屁！狗屁！"

他回答："这个嘛，这是个不坏的思想，配上小蘑菇更好，要先用油炸一下，再浇上酸奶；不过这话康博罗尼早已经说过了……"他披上大衣，那条腿弄得他龇牙咧嘴的。

我说不出话来了！舌头动不了了！这个恶棍把我变成哑巴，我说不出话来，我的东西变得不是我的了，显然被偷走了！

我站在所有的人前面，我后面的人又拉我，又拽我，大概还满脸通红……在这儿，就在我眼前，那些人对这头怪物不断地喝彩，可是同时又好像忽视了自己的喝彩，观赏起自己的袜子、衬衫和别针。现在我什么也不看，抛掉了一切，逃离羞辱和耻辱，我穿过整个大厅，往大厅的门口走去，走！我要走，因为这儿的一切都见鬼去了，鬼，鬼，见鬼去了，都见鬼去了！我要逃走，走！到了这儿，快到门口了，鬼又抓住了我，鬼，我又想，你干吗逃跑、见鬼去呢？跑什么呢？于是我转身回来，穿过整个大厅，所有人都为我让路！魔鬼，魔鬼，魔鬼！……撒旦！

所以我要走，一心想砸烂他们的脑袋！但是，走到墙根，我又返回来，又开始向门口走去，心里想：还是不砸吧。但是等已走到墙根，便又转身回来（因为我在这大厅里的行走逐渐变成了散步）漫步走过大厅……人人显得莫名惊奇，大张着嘴，死死地盯着我瞧，大概把我看成了半傻子，我才不管他们呢，继续行走，就好像这儿只有我自己，好像没有其他任何人！我的步伐越来越有力，越来越威武……像魔鬼，魔鬼，魔鬼，我在行走，我在行走，我在行走，嗨——嘿，我就是在行走，在行走，在行走，在行走……

我继续在行走！他们都投以惊恐的目光，大概在任何的招待会上也没有人这样行走过……所以嘛，在那边墙根下面，有人像田鼠一样趴在那儿，有的人爬到家具下面，钻到下面躲避……我还是在行走，行走，而且不只是行走，而是像魔鬼那样行走，要砸烂一切……啊，耶稣，马利亚！我的人都不是我的了，都夹起了尾巴，收起了鼓，瞧着，而我在走，依然往前走，行走，我的脚步声就像在桥上一样，咚咚响，魔鬼，魔鬼，我不知道怎么对付我的行走，因为我在行走，行走，已经像是在上山那样行走，行走，艰难，艰难，艰难，上山，上山，啊，这是什么行走啊，啊，我在干什么，可能已经像一个狂人，我在行走，行走，行走，他们要把我当成一个狂人……但是我在行走，行走……还有魔鬼，魔鬼，行走，行走……

这个时候，我看了一眼，那边火炉旁边有一个人也开始行走，走啊，走啊，他这样走，走啊走，是因为我行走，他才行走。我从墙壁走到墙壁，他在旁边从火炉走到窗户……我走他也走……魔鬼抓住了我：他为什么跟着学，他想要干什么，他是在嘲弄我吗？干吗要跟着我？但是我就这样行走，我想停止也停止不了。

所以嘛，出自同样的恐怖，他们一定会抓住他的头和我的头，把我和他赶出门外！……但是，他们害怕和愤怒，却又忽视自己的愤怒和恐惧，所以嘛，一会儿他们就泄了气……虽然有人脸色发白，有人直皱眉头，第三个人还伸出拳头，同时却一直在细嚼慢咽地吃点心、带火腿的小面包，一面吃一面说话："杂志出版了吗？"——"我买了一批瓦片……"——"我很快会出版一本新的诗集。"……所以嘛，他们就这样东拉西扯地闲谈，谈啊谈个没完。虽然也时时发怒，可能还感到害怕，但是我知道，他们也嘲笑，虽然他们在那儿有的拿着小面包，有的可能拿着小酒杯，闲聊，害怕，但是可能也时时嘲笑什么人、什么事……我还在行走，行走，而他也在旁边行走，行走，还有魔鬼，魔鬼！……

我在想，这个人为什么、怎么会、干吗要贴住我不放？……于是我更细心地看了他一眼……注视之余，我看出来：这个人身材很高，晒得很黑，并不蠢笨，容貌相当高雅……但是嘴唇是红色的！我说了，嘴唇是红色的，变成红色的了，洋红色！红嘴唇，在行走，在行走，在行走！忽然好像有人冲我的脸给了我一拳！我就像龙虾一样变成了红颜色！我就像被蒸熟、变红，通过这道门，已经不是行走，不是行走，而是快步走出去……走出去，好像有魔鬼、有撒旦在驱赶我！

必须诅咒人类的乖张！必须诅咒我们那些在污泥里打滚的猪！必须诅咒我们这个泥坑！在那儿行走的人，伴随我行走的那个人，不是一头公牛，而是一头母牛！

一个人本来是男人，却不愿意当男人，而是追逐男人，紧跟着男人，崇拜男人，啊，爱男人，渴望男人，对男人有欲火，如饥似渴，品味他们，引诱他们，对他们媚笑，使飞眼，所以这儿的人给他起了个外号："普托"。他的嘴唇虽然是男人的嘴唇，却涂了女人的口红，呈现血红色；我一看见他这嘴唇，就一点也不怀疑，我遭遇了一个普托。我正是跟他一起，在大庭广众下行走、行走，好像跟他成双成对似的。

所以，我像疯子一样赶快下楼，逃避这个丢人败兴的场面，就不足为奇了。可是当我沿着街道奔跑的时候，却听见有人在我后面奔跑，我奔跑时听见有人在我后面奔跑；不是别人，正是普托，他正在拉我的袖子。"喂，"他打招呼道，"我知道你看不起我，知道你发现了我的秘密（他的嘴唇被涂成了红色），但是你要知道，我是你的朋友，我崇拜你，因为你凭你的行走战胜了所有的人……所以我在那儿跟你一起行走，为了给你一点支援，让你不至于一个人对付他们所有的人……现在就让我和你一起行走吧，一起行走！"（说着，他又拉住我的胳膊，还把一股男人的、又是女人的热乎乎的气息喷在我脸上）。我向后退缩躲着他，因为在困惑和诧异之中我不知道他想跟我要什么东西、有什么欲求，而且，在众目睽睽下，我感到耻辱（虽然街道上空无一人）。但是他发出笑声，还像女人那样用尖声细气的声音呼喊："你别怕呀，对我来说，你已经太老了，我只跟年轻的男孩玩儿的呀！"我感到羞辱，气呼呼地推开他，但是他却温柔地往我身上靠："咱们走吧，咱们走吧，你跟着我走，咱们一起行走一会儿！……"我不干。但是，我和他在街上一起走，他开始告诉我他的事：

他小声对我讲述他的身世，我听着。这个人大概是白人和印第安人混血，算是葡萄牙人，母亲是波斯人和土耳其人混血，他生在利比亚，名字叫贡萨洛；他十分富有，中午十一点或者十二点才起床，喝了咖啡就上街，追逐男孩子或者小伙子。他看中了某一个的时候，便走上前去问路；然后他开始和对方说东道西，只为了看看能不能说服这个男孩干罪孽的事，付给五个、十个或者十五个比索。在大部分情况下，因为害怕和恐惧，他不敢直说，那些青少年也躲避他，然后他也就赶快走开。接着他又去找另外一个他看中的男孩或者小伙子……找到以后，又去问路，搭讪、谈某种游戏或者舞蹈，没话找话，出价十五个或者二十个比索引诱；但是这个小伙子对他说了一句粗野的话，或者吐一口唾沫。于是他逃跑，可是欲火烧身。于是他又找到一个黑头发或者金发的少年，闲谈一阵，探听一阵。感到疲倦了以后，他回家，在长沙发椅上稍事修整，便又上街寻找、行走、试探、闲谈，他找的青少年有手艺人、工人、帮工、饭店洗盘子的。或者士兵，或者水手。他主动进攻的时候，他们就因为惧怕和胆怯而退却；还有，有时他追逐某个少年，那少年就躲进一家商店，消失得无影无踪，而他则一无所获。所以他又回家，疲乏、困倦，吃点东西，在长沙发上小睡一会儿，接着再往街上跑，看准一个俊俏小伙子，就去搭讪。如果遇到喜欢的，如果以十个、十五个或者二十个比索的价格谈妥，他就立即把对方带到家里来，把门从里面锁上，脱去外套、领带、裤子，扔在地上，脱到只剩下衬衫，调暗灯光，洒上香水。就在这一刻，小伙子对准他的嘴脸猛打一拳，跑到大衣柜拿走衬衣，或者卷走金钱！这个普托因为极度恐惧而动弹不得，而且不敢喊叫，只好任他抢走一切，自己忍受伤痛。虽然饱受拳打脚踢，他的欲火却变得更加炽烈！小伙子走了以后，他重又出现在大街上，欲火中烧，欲望升腾，高度渴望，同时却又感到恐惧，心力交瘁，但是继续寻找青年学徒、士兵或者水手；但是他一追逐，他们就立即逃跑，欲望尽管强烈，但是恐惧胜过欲望。夜色逐渐浓重，街上行人渐少，他又回到自己的家里，脱得只剩下衬衣，骨头生疼，独自蜷缩在床上，这是为了明天中午起床、喝咖啡和追逐男孩。第二天他再次从床上爬起来，穿上裤子、外套，又去追逐男孩。再下一天，他从床上起来之后，再次上街，为的就是寻找男孩。

至此，我才开口说："你是不幸啊，但是，如果你的魅力只能够在手艺人、学徒工或者士兵那儿引起反感、厌腻，他们还可能接受你的诱惑吗？"我刚说完这句话，他就大声嚷起来，好像受了委屈似的："你错了，我是真正的剑眉星眼，一双火亮亮的大眼睛，一双白皙的手，一双优美的脚！"他立刻向前快步行走，向我展示躯体行动时的曲线和优雅姿态，而且故意扭捏作势。但是接着他又说："其实他们都是穷人，要钱！"我说："你为什么不多给他们钱啊，出价才十个、十五个或者二十个比索；既然你是富人，费了很大力气才说服他，怎么不多给点呢？"他回答："你瞧瞧我的衣服，我像一个普通的推销员，或者理发师，穿值八个比索的上衣，这是为了避免暴露我的财富，不然到现在为止我肯定被杀死十次了，或者被刀砍死，或者被勒死；我如果给某个男孩多一点钱，他就会立即要价更高，就会侵袭我的住宅，威胁、勒索、压榨我，骗取更多的钱财。所以，虽然我有宫殿般的豪宅，却装作是我自己的奴仆。我是我自己宫殿里面的、自己的奴仆！"

这时候，他以绝望的声音发出尖细的呼叫："唉，我的命运受到了诅咒！"但是他立即又向上高举双手——一双小手——发出尖细、凄厉的声音："啊，我受到祝福的、甘美又奇妙的命运，我别无他求！"他迈开小碎步一阵风似的向前奔跑，我在旁边跟随，像乘着一辆马车似的。他一双大眼睛泪汪汪的，迷蒙地向左向右观看，而我就像一匹母马旁边的一匹公马！他一会儿发出珍珠般的咯咯笑声，一会儿流出女人的硕大泪珠，而我，倒像是参加了鞑靼人的一场婚礼似的！

他突然拐进一条小巷，沿着小巷奔跑，因为他看见了一个士兵……但他却又忽然站住，躲在一个角落里，因为有一个学徒正好过来……随后他又从那个角落里跳出，去追一个推销员，但接着却又重新站住，窥探，以退为进，迂回前进，因为有一个洗碗少年走过，壮实、年轻……就这样，他被俊美少年们抛来抛去，像受到捉弄的一条狗，到处乱窜，忽左忽右，我也跟着他乱跑……现在我在追着他！他的罪孽，昏暗的，黑色的，在我在招待会上饱尝了奇耻大辱之后，给我带来了某种放松。在夜间，在罪孽之中，我们来到一个广场，那儿有英国人建造的一座塔：在那儿有一个斜坡通向河畔，城市向下和河流联结起来，河水轻轻的流动声就像广场树木之间的某种歌声……那儿有很多年轻的水手。

而他，正在追逐其中之一，却又戛然停止，好像遭到雷击。"你看见那个金发男孩了吗，咱们前面的？这大概是一个奇迹，也可能是一个好运的预兆！我爱他，超过全部其他的男孩，我追赶他、追踪他已经好几次了，可是每次都让他逃跑得无影无踪。能够再看见他，再跟踪他、跟踪他、跟踪他，我是多么幸福、多么愉快啊！"

他已经不顾一切，狂追这个少年；我紧跟着他！从远处几乎看不见这个金发男孩，只有他的外套和头部闪现……可是，我见他走向一个大众廉价娱乐公园（我们称之为"日本公园"）的大门；公园一侧挂着艳丽的灯，他站在闪烁的灯光之中，那些灯悬挂在木板和柱子上。他站在那儿，好像在等待。而贡萨洛在广场的树木之间，像一只鼹鼠那样奔跑，隐藏在树荫里面，从那儿开始思念他，为他叹息。

所以嘛，我心里想：这到底算什么呢？我是在什么地方？我在干什么？我早就该躲开他，可是抛弃我唯一的同伴又让我觉得可惜。因为他是一个同伴。只不过他和我站在树下的时候，我感到有点奇怪，感到难堪。他胳膊上有男人的黑色汗毛，可是他的手柔软白嫩……脚也是这样……脸蛋虽然因为刮去了胡须而发青，但是这脸蛋给他带来魅力，显出柔媚，所以不显得青，而是显得细白，同样，腿虽然是男人的，却显得奇异灵巧，动作优美……脑袋是男人的，由于年龄缘故太阳穴附近显秃，有皱纹，却看上去依然是青春少年的脑袋……他似乎不愿意保持自己的原样，更愿意在夜色的寂静中把自己变形，已经让你不知道他是男还是女……也许既非男也非女，他似乎只是一种非人类的生物……他潜伏着，这个色鬼，站在那儿，不说话，只是暗暗地注视着心爱的男孩。于是我想，是什么恶鬼附身，让我跟随着他，他给我带来羞辱，而且因为他，我在招待会上出丑，可是不管是魔鬼也好，撒旦也罢，就算魔鬼吧，反正我不会抛弃他的，因为他跟我一起行走，我们一起行走过。

这时候，有个年纪大一点、头发蓬松的人走近这个男孩；普托一看见这种情况就立即万分激动，他开始向我示意，说："倒霉，不幸！这老东西，他要对男孩怎么样，一定是早就约好的，老东西要款待他！……去，去，听听他们说什么……去听听吧，因为我嫉妒得快死了……去吧，去呀……"

他的耳语火热，几乎烫坏了我的耳朵。我从树底下走出，靠近这个男孩，他中等身材，亚麻色头发，手脚都是中等大小，他的眼睛、牙齿、发式——咳，这个贡萨洛真是个色鬼、色鬼、色鬼！可是我听见了什么呢？他们说的是我们国家的话！

我好像被烫了一下，迅速后撤，跑到贡萨洛面前："你想干什么就去干吧，我要走了，我不能沾上他们，因为他们是我的同胞，肯定是一对父子！我不愿意沾上他们，我回家了！"

他拉住我的手。他呼喊："唉！是上帝让你出现在我身边的，我的朋友，你不会拒绝帮助我的！既然是你的同胞，你跟他们结识要容易得多！你再介绍我认识他们，你就永远是我真挚的朋友了，我会给你一万、两万、三万比索，甚至更多！走，咱们跟着他们，走，他们已经走进了公园！"

我想打他！可是他凑近我，贴着我站着："咱们走，咱们走，咱们刚才已经一起走了，走，走，咱们走，咱们走！"说着，他向前奔走，我也起步走，说走也就走，走，咱们走，走，走走走！

我们奔跑进公园！小货车呼啸着从岩石后面开了过来，远处有小丑、空酒瓶子、旋转木马、跷跷板、蹦床，再远处有旋转木马、射击摊位、人工洞窟、哈哈镜，等等；在这个娱乐园里，可以尽兴打转、飞舞、射击，到处都是大红灯笼和焰火！游客到处走动，自己也不知道到了什么地方，有的看着跷跷板，有的瞧着小丑，从哈哈镜走到空瓶子上，张着嘴看了这样看那样；一切都在飞奔，一切都在震动，这儿有一个恶魔，那儿有一个催眠术士，娱乐如痴如狂，跷跷板摇摆，旋转木马旋转，追逐自己的尾巴，而游客们行走，行走，行走，行走，行走，从跷跷板到轮盘木马，或者从轮盘木马到跷跷板。旋转木马摇摆。跷跷板转动。游客们在行走。哈哈镜用灯笼招徕游客，空瓶子发出推销员的呼叫声，如果不是空瓶子，那就是小货车呼啸来临，要不就是人工洞窟里的湖水，要不就是小丑在叫唤；灯光闪烁，呼声此起彼伏，娱乐就是这样的旋转、兜圈子和飞舞。娱乐给人带来娱乐的时候，人都在行走，行走！

*

贡萨洛奔跑，担心他们在人群中消失，发现他们之后，他冲我做手势，让我快追。他说："他们去舞厅了！"我说："咱们先到旋转木马那儿看看。"他说："不不，到舞厅去！"于是我们到了舞厅。那儿有两支乐队，轮番演出。那儿有无限大的空间，大约有一千张小桌子，周围都坐满了人，中间铺了一块巨大的地毯，呈现出湖水的颜色。接着，乐声响起，一对对舞者开始跳舞、旋转，音乐骤然中止，跳舞者也顿时止步。舞厅广大，规模惊人，从一端到另外一端，就像在山里一样，从高岭到高地再到平原，目光迷蒙、沉溺，人多得像蚂蚁……从远处传来呼呼声，音乐的声音变得含混不清。很多工人、职员、推销员、学徒、水手和士兵，也有公务员、女裁缝和女小贩，他们坐在小桌旁边，音乐声响起，他们就到场子中间旋转；音乐一停，他们也立即止步。大厅里面雪白。

少年和他父亲（那是他父亲）坐在小桌旁边，喝啤酒；我和贡萨洛坐在旁边的一张小桌旁，贡萨洛催促我去结识他们。"去见见他们，喝一杯，都是同胞嘛，我也去喝一杯，大家一起喝酒！"

但是大厅很大，灯光明亮，人群都在观望，所以我觉得很不舒服，说："不行啊，太不妥当。"……我心里在寻找理由，想一走了之，因为和这样一个人同坐在一张桌子旁边，我感到羞耻。他催促我。我有意拖延。我们喝酒，音乐声响起，对对情侣翩翩起舞。于是贡萨洛又催我，让我去见他们，他在迷醉之中欣赏地瞧着意中人，盼望引起他的注意和欣喜，于是他使眼色，摇摆小手，咯咯咯地笑，在座位上扭动身子……他又用胳膊肘触动招待员加酒，用面包揉成小球弹出，以嚎叫似的大笑伴随这出格的动作！我的羞耻感越加严重，因为他已经弄得众目睽睽；所以我告诉他，我要小解，得出去上厕所；实际上我是想躲开他，溜走。我往厕所走……可是人群中有人拉住我的胳膊，是谁呢？——啊，佩茨卡尔！佩茨卡尔身后是男爵，男爵旁边是丘穆卡尔！我感到万分惊奇。他们从哪儿钻出来的呀？！我猜想，他们是不是要找茬打架，因为也许他们是跟踪我来到这儿的，为了招待会上他们在我面前吞下的羞辱来找我算账……不是这么回事！

"啊，维托尔德先生，尊敬的先生！又见面了！一起喝一杯吧！一杯！走吧！我请客；不不，我请客！不不不，我，是我请客！"

佩茨卡尔立即呼吼："你这个东西还请客！看你这个呆样！是我请客！"但是男爵悄悄拉住我的手，把我拉到旁边，他的声音呼呼的，像野蜂飞翔一样嗡嗡响："您不用理睬他们，听他们这样粗声狗气的蠢话，耳朵都疼了，咱们一起喝一杯吧，请，请，请！"但是佩茨卡尔拉住我的衣袖拽我，还对着我耳朵小声说："这个法国蠢货又用他那种愚蠢的派头来烦你了。哎哟！还是跟我喝一杯吧，根本用不着假客气！"

我赶快回答："上帝保佑你，上帝保佑你，和我的诸位朋友同饮佳酿，乃是莫大的荣幸，但是我现在正在陪客。"

我已经说过，他们习惯用胳膊肘互撞，又好眨眼睛，点头："陪客，陪客，说的就是陪客！是的，大概是跟贡萨洛在一起，见了鬼了！你跟贡萨洛交朋友，跟贡萨洛行走，鸭子踢了你了！这个人是百万富翁！你不像大伙儿说得那么傻嘛。走，咱们喝一杯去，一杯！我请客！我请客！不不，我请客！"

他们变得越来越诚挚，越来越亲热，但是不敢用胳膊肘撞我,而是互相碰撞肋骨,互相嘲弄挖苦,互相招呼:"咱们走啊,走,喝个够!"我看出来,他们彼此拉近乎,实际上可能是冲着我来的……他们已经开始互相拥抱、互相亲吻(对我却不敢放肆),不断地说:"走吧,走吧,我请客,不,不,我请客!"佩茨卡尔摇晃他的钱包;男爵也摇晃钱包;丘穆卡尔从一个纸包里取钱;每个人都给别人看钞票,把纸币送到别人鼻子下面。佩茨卡尔大嚷:"干吗让你请客呀,我要请客,高兴的话,我还给你一百比索呢!"男爵宣布:"我要给你两百!"丘穆卡尔断言:"我这儿有三百,有三百比索和一个一毛五的硬币!"

我看出来,虽然他们互相许诺请客,互相邀请,拿出票子来展示,实际上大概是要请我,大概是给我看他们的票子……但是他们不敢造次……他们可能已经怀疑我跟富有的普托有什么桃色事件……出于这个原因,他们或许要给我大把大把的钱,他们已经不知道该怎么请求我好了!他们把我看成了贡萨洛的情人——身受这样沉重的侮辱和羞耻,我真恨不得对准他们的嘴脸开枪;但是,我只不过喊了一声,让他们不要搅得我头昏脑涨的,我没有时间!……我赶快走了,进了厕所,他们都跟着我。里面有一个人,刚用完尿池。我走到尿池前面,他们也来到尿池前面。但是,在撒完尿的那个人出去之后,他们都向我凑近,男爵对佩茨卡尔呼喊:"这儿有五百比索。"丘穆卡尔对男爵说:"这儿有六百。"佩茨卡尔对丘穆卡尔说:"这儿有七百,七百呐,既然我给你,就拿去吧。"他们都掏出钱来,拿到鼻子底下闻闻,又在彼此之间、又在我面前摆弄!大概是一伙疯子!

于是,我明白了,他们虽然互相赠送现金,却更愿意把现金送给我,这是为了买到我的恩惠……只不过他们还不够灵活,没有勇气直接给我。所以嘛,我就说:"你们别着急,慢慢来,慢慢来。"但是他们一门心思找办法,要把钱塞给我,于是,男爵忽然抱住脑袋说:"哎呀我的衣袋有个窟窿,所以,最好让我把钱给你,不然要弄丢的!"……于是他开始把钱硬塞给我,其他人见状,也把自己的钱往我身上塞:"也接住我的,我的,我的衣袋也有大窟窿。"我说:"看在上帝的分上,你们为什么要给我?"……可是这时候有人进来解手,所以他们也走向尿池,解开裤子扣子,一面吹口哨,好像别无他事,就是解手……等到进来的那个人出去以后,他们重新靠近我,已经变得大胆,把钱硬是扔在我身上,说:"拿着,拿着!"我回答说:"以圣父和圣子的名义,先生们,你们为什么要给我钱,为什么要把你们的钱给我呀?"这个时候,又有人进来解手,所以他们也奔向尿池,又吹口哨……但是只剩下我们这些人的时候,他们又跳过来,佩茨卡尔嚷嚷道:"拿着,拿着,他们给你,你就拿着,拿着,因为他有三亿或者四亿呐!"——"别拿佩茨卡尔的,拿我的,"男爵喊道,又转身,又瓮声瓮气像马蜂一样,"拿我的,看在上帝的分上,他有四亿或者五亿呐!"

丘穆卡尔呻吟、呜咽又叹息:"我请求恩典,可能有六亿,您还是收下我的,和我的一个零头吧!"他们满脸通红,满腔热情,挥舞着钞票,往我身上扔,硬塞,第一个人,第二个,第三个;第一个抢在第二个、第三个前面,然后三个一起争着挤到我面前,对着我。我也不原意造成难堪的场面,就允许他们把钱拿过来。忽然间,他们都跑向尿池,因为又有人进来了。我带着这些钱到了门口,从厕所向大厅跑,那儿正在奏乐,对对情侣翩翩起舞。我带着钱站在那儿,看见贡萨洛还坐在小桌旁边,正在做戏、做戏、做戏……

他时而挥动小手,时而闪动眼睫毛,时而弹出小面包球,时而敲敲玻璃杯,时而用手指头托住腮帮子。玩这些小把戏的时候,他就像一群麻雀当中的一只火鸡……用吱吱的笑声欢迎自己这些把戏！坐在他旁边的人一定以为他精神错乱了，但是我知道他喝了什么酒、这些把戏是做给谁看的。所以说，我感到厌腻，想要回家、逃走，甩掉这一切，因为这个场面像一把刀似的威胁着我（他向上抬起鞋后跟），因为他是我的一个同伴（他频频挥动手帕），是我的盟友（他正在拍手，正在拍打膝盖），我和他一起行走过（他继续抓弄手指头），所以我不允许他当着众人的面在我面前出丑（他对着一个纸卷成的喇叭吹了起来）。所以嘛，我向那张小桌走去。

他一瞧见我就耍把戏似的挥手示意。我走到跟前的时候，他大叫："嗨，嘿，坐下，坐下，玩玩！嗨，嘿，嘿，哈，甜美的蜂蜜呀！"

蜂蜜，蜂蜜牌子潘克拉茨，
我心上的人儿是伊格纳茨！

于是他往我鼻子上弹射面包球，还小声说："叛徒，你到哪儿去了，干什么去了，我的事让你厌烦了吗?!"他立即又和我碰杯，抓餐巾纸，给杯里添酒。"喝呀！喝呀！"

当妈的不需乱跳舞,

我蹦蹦跳跳几时休!

"嗨,玩嘛!嗨嗨,找乐子嘛!"他又给我添酒。我很难拒绝他,因为他不容分说。我跟他喝。在附近另外一张小桌旁边,男爵、佩茨卡尔、丘穆卡尔落座,大声要酒!似乎因为给了我钱,他们胆子大了,所以在贡萨洛饮酒的时候,他们也举起大啤酒杯、玻璃杯、缸子,碰杯、哈腰、呼吼,嘿哈,喝呀,喝啦!但是他们还是勇气不足,不敢和我们干杯。我和贡萨洛对饮而已。

你的眼神勾住了我,

弄得我要死更要活!

然后他轻声说:"去见那个老的,请他们过来一起喝。跟他们认识一下。"

我说:"不行。"

在桌面底下,他把什么东西塞在我手里了,说:"接着,拿着,看好……"是现金。他说:"接着,你需要钱,你会碰到朋友和崇拜者；你如果愿意当我的朋友，我也是你的朋友！"我不愿意接受这笔钱，可是他使劲硬塞、硬给。我倒是可能把钱扔在地上，但是，我刚才得到了一笔钱，再加上这些，我自己也不知道怎么办好了；凑在一块，总数大约有四千比索了。这个时候，男爵和同伴们互相敬酒畅饮；他们也开始对我敬酒。衣袋里装了人家的钱，也就不能不回敬人家；他们又对我回敬；贡萨洛给我敬酒；我给贡萨洛敬酒；贡萨洛给他们敬酒！大家都喝，开怀畅饮。名副其实的饮酒作乐！

哟，你亲我吻我为什么，
我香艳红唇不是给你的！

他吹纸卷的喇叭，小手纤足手舞足蹈！踏、踏、踏！这时候我们大家已经是从这张桌子到那张桌子穿梭敬酒；但是，说实话，贡萨洛不是在给他们敬酒，而是给那两位敬酒呢，就是那个老汉和他儿子。他还不断催促我："去，把他们请过来！"

这时我才站起来，走到老汉面前，说出这样的寒暄话：

"请原谅我失礼,但是我听见了咱们国家的话,想要问候一下同胞。"

他立即极为客气、礼仪极为周到地站了起来,介绍了自己的姓名,科布日茨基·托马什,原陆军少校,现在已经退休,他还介绍了他儿子,伊格纳茨。然后,他请我落座。我坐下了,他用啤酒招待我,可是我察觉到,我认识的这伙人不太令他喜欢。原因在于我认识的这几个人,主要是他们嚎叫、豪饮,嚣张喧哗!我看得出来,他是一个诚恳的正派人,所以我说:"我在陪客,但是他们都有一点喝多了;尊敬的先生,您知道,在这样的地方,是很难结识友人的;有时候,熟人变成生人反而更好。"

旁边的喧哗仍在继续。他回答说:"我理解您受到制约的处境。您如果愿意,就和我们享受比较平静的休闲吧。"他和我继续闲谈。这是一位非常尊贵的正派人,面貌冷峻、端正,头发灰白、蓬松,眼睛明亮,表情显得敦厚,声音也是敦厚的,手是干燥的,耳朵旁边毛发丛生。从近处看,他儿子十分端正,手、脚、牙齿、秀发,无不姣好,所以说,这个贡萨洛就是个色鬼、色鬼、色鬼!那边又大喊、呼叫起来!这位托马什老先生告诉我说,他要把独子送到军队里去，如果不能到国内去，也要在英国或者法国入伍，从另外一个方向打击敌人。他说："所以嘛，我们偶然来到这个公园，让伊格纳茨在出发前稍微消遣一下，我想给他看看百姓的娱乐。"他在说话，而那边在饮酒。这位先生身上引人注意的，是他言语和全部做派中某种特殊的稳健，他每一句话和每一个动作中的稳健和谨慎，他就像天文学家那样进行观察和倾听他人说话。礼仪十分周全。

和这样的礼仪相比，尤其是和他在一切方面的稳健、荣誉感相比，和他显而易见的超凡净洁、在一切事物和想法上的正义感相比，我更加为我这伙同伴和我的任务以及猥琐行为感到羞耻。但是我不愿意向他显露我感受到的厌烦，仅仅说："衷心预祝先生崇高设想成功，预祝公子崇高设想成功，让我敬先生一杯。"我们碰杯。但是，在我和这位公子碰杯的时候，那边的贡萨洛也为我祝酒，男爵、佩茨卡尔、丘穆卡尔也都为我祝酒。"嗨，嗨，嗨，干杯呀，酒逢知己呀！"所以嘛，我也得回敬他们；他们又回敬我。于是托马什老先生说：

"我看得出来，他们酒量很好。"

"是啊，能喝。"

"他们给您敬酒呢。"

"为我们大家成为新知敬酒。"

他沉吟片刻,显得严肃……最后才轻声对我说:"啊,现在大概不是这样作乐的时候吧……时间不合适……"

我感到耻辱!于是我俯身,对着他的耳朵小声说出这样的话,"看在基督受难的分上,您最好和儿子一起离开这个地方,我说这话,是出自和您的友谊,他们敬酒,实际上不是为我!"托马什老先生皱起眉头:"那他们是给谁敬酒啊?"我回答说:"他们是在给那个外国人、我的伙伴敬酒,但是这个外国人却不是回敬他们,而只是给您的儿子敬酒。"

托马什老先生警觉起来,愠怒道:"给伊格纳茨敬酒?什么意思?"

"就是给伊格纳茨,给伊格纳茨敬酒;您和伊格纳茨快走吧,因为他在追求伊格纳茨!走吧,走吧,我说!"

而他们在一旁喧哗、慢饮、吹嘘、吼叫,一再举起玻璃杯、高脚杯和水罐狂饮!他们嚎嚎地呼叫,满嘴小子、丫头地乱嚷!他们跟赶集一样大呼小叫!托马什老先生涨红了脸:"我也注意到他在盯着我儿子,但是我不知道是为什么。"

"走吧,走吧,带着儿子走吧,不然要闹笑话了!"

"我跟伊格纳茨（我和他还是凑在一起小声说话）不会走的，我儿子伊格纳茨不是小姑娘！看在上帝的分上，别把伊格纳茨搅进去，别告诉伊格纳茨！我自己有办法对付这个人。"

这个时候，男爵和佩茨卡尔给贡萨洛敬酒，而贡萨洛对着我们摇摆手帕，喝干了杯里的酒："嗨嗨，高兴就是高兴啊，嗨嗨，多高兴哟！"

托马什老先生拿起酒杯，好像要给贡萨洛敬酒……但是突然把啤酒杯啪的一声放在桌子上，他跳了起来！贡萨洛也站了起来！其他人也立即站了起来，因为他们看出来这边好像要打架了。只有托马什老先生的儿子纹丝不动，但是他也觉得不安，他像蒸熟的虾一样面红耳赤，因为他明白了为什么会发生冲突。

于是，托马什老先生站着，贡萨洛也站着。贡萨洛虽然女性化，但还是一个高大的男人；不过，他一感觉到打架的气氛，就变得十分和气了；普托害怕了，托马什老先生站着；普托害怕了，托马什老先生站着；普托害怕了，托马什老先生站着。他们就这样僵持了一段时间。贡萨洛轻轻扭动左手手指头，像狗摇动尾巴，意思是这只是一场玩笑，一场小游戏。但是托马什老先生站着，贡萨洛又害怕、又惊慌、又忧虑，于是举起另外一只酒杯，送到嘴边，开始喝。他这是自找麻烦！他忘了，喝酒可能会引起打斗！众人听见了托马什老先生提出的问题：

"您给谁敬酒？"

但是，他给谁敬酒呢？没有给谁敬酒嘛。他饮酒，是因为害怕，他没有让酒杯离开嘴唇，因为如果离开了，他就必须回答这个问题！所以他喝着，为了喝而喝。但是麻烦就在这儿，见鬼了，见鬼了，原来他刚才是偷偷地为这个儿子敬酒，而现在喝酒又是冲着这个儿子（这个儿子还是坐在桌子旁边，纹丝不动）。就这样，这个色鬼在喝酒，对着这个小男孩一点一滴地喝。

他悄悄注意到了托马什老先生的震怒，而因为害怕这种震怒，所以软得像一块抹布；因为惧怕，他喝得更多，想以饮酒表示屈服于托马什老先生的愤怒……他越怕老先生的愤怒，越不断地喝呀，喝！托马什老先生喝道：

"你给我敬酒呢，是吗？"

而实际上他不是给托马什老先生敬酒；而是给他儿子敬。但是，显然，托马什故意这样大喊，是让贡萨洛撤回对他儿子的敬酒。那边，佩茨卡尔、男爵、丘穆卡尔嘿嘿嘿地笑呢！贡萨洛瞥着托马什老先生，继续喝呀喝的，虽然酒已经喝干了，他还装样子喝、喝……但是现在他是明明白白地给这个男孩喝酒，把他自己变成女人，面对托马什老先生的愤怒，在女人身份中求得逃避和保护！因为他已经不再是男人！已经是女人了！托马什老先生给气得像一个西红柿，大吼：

"我禁止您这位先生给我敬酒，我不允许陌生人给我敬酒！"

但是他哪是先生呢？是个女士嘛！所以他不是给托马什老先生敬酒，而是给他儿子。而且他还在喝酒，喝酒，虽然杯子里是空的，他还在喝，喝，这样的饮酒延长到无限，用饮酒自卫，用饮酒来饮酒，喝呀，喝，永远不停止。到最后他不能再喝下去了，因为酒早就喝完了，他把杯子从嘴唇旁边拿开，一下子扔到托马什老先生身上！

啪的一声，杯子的碎块飞到托马什老先生眼睛上方！

但是托马什老先生纹丝不动，依然站着。于是他儿子霍地站起来；但是托马什老先生命令：

"你别管，伊格纳茨！"

他依然站着。流血了，一滴血从他面颊上流下来。所以嘛，可以看出来，要打架了；他们会照准脑袋猛打……于是佩茨卡尔、男爵、丘穆卡尔都站了起来，开始拿起家伙，有的抄起啤酒杯子，有的抓住酒瓶，有的攥住一个木棍，有的竟举起一把椅子；但是托马什老先生纹丝不动，只是站着！众人头上都开始冒热气，头脑发胀！站在远一点地方的人，都往前凑，而佩茨卡尔、男爵不敢跟别人开打，只好互相打斗起来，可能要打破头，揪下耳朵……我两眼发黑，脑袋里轰轰作响，眼前一片迷雾，因为我也喝了酒。而托马什老先生依然站着。第二滴血出现，顺着第一滴的轨迹滚下。

　　我看了看：不仅托马什老先生站着，贡萨洛也站着；托马什老先生脸上的第三滴血慢慢流下来，沿着前两滴的轨迹流淌，滚落在外衣衣襟上。慈悲的上帝啊，托马什老先生为什么纹丝不动呢？他只是站着。而最新的第四滴血，又流下来了。托马什老先生静静地流血，这使得所有人都安静下来，托马什老先生瞧着我们，我们瞧着托马什老先生；第五滴又慢慢流了下来。

　　血一点一点地流。我们都站着。贡萨洛没有动一下。但是他回到自己坐的那张小桌，拿起宽边帽子，慢慢走了……他的背影从我们的视野消失。所以嘛，贡萨洛一走，每个人也活动起来，拿起宽边帽子，回家了，就这样，所有的人都散了，一切都散了。

这一夜我很长时间不得入睡。唉，我为什么要服从公使呢？为什么去参加招待会呢？为什么在招待会上行走？这一番丢人的事，公使馆里一定没有人原谅我，我肯定已经遭到所有人的耻笑、蔑视，他们肯定都把我看成一个小丑。只有一个人没有拒绝承认我，而且还可能有点崇拜我，就是这个普托；但他为了调情抓住我给他拉皮条，真让我丢人又丢脸啊！我躺在床上，辗转反侧，唉声叹气，呻吟，唉，贡布罗维奇呀，贡布罗维奇，唉，你的伟大和杰出都在哪儿呀，你也许杰出，可是杰出在拉皮条上，伟大，伟大在给一个混混儿当朋友，损害自己高贵善良的同胞和他年轻善良的儿子。而同时，在遥远的地方，在大洋彼岸，人们正在浴血奋战，而这儿也在流血；托马什老先生是因为我做的蠢事而流血。啊，托马什老先生的血对我来说是何等沉重，他的血和大洋彼岸的血汇聚起来，多么令我惊骇！因为痛苦，我躺在床上翻来覆去，觉得托马斯老先生的血是从大洋彼岸流出来的，会把我引向更沉重的血……

和贡萨洛决裂，把他从身边撵走……但是我和他已经一起行走，行走，唉，已经一起行走，行走，如果少了他以后我怎么行走，因为我们已经一起行走……就这样一夜过去了！可是到了早晨，出了一件奇怪的事，又严重、又难处理，好像脑袋要撞在墙上似的：托马什老先生来访，先生首先为一大早造访表示歉意，又请求我代表他向贡萨洛发出决斗挑战！我诧异莫名，说："怎么回事呢，为什么呢，有什么目的呢，昨天不是把他镇住了吗？怎么又要跟他决斗，他不过是头母牛……"他沉重又顽固地回答："母牛不母牛，还是穿了长裤，当众羞辱我，我可不能当众显得胆小怕事，而且是当着外国人的面！"

我好言相劝：何必跟一头母牛认真，还要跟她决斗，不是会让人嚼舌根吗，还可能让人当笑柄取乐啊。最好不要声张，不了了之，不然伊格纳茨要蒙羞的。但劝说无效。他大吼：

"母牛不母牛，让他们说去吧！他喝酒不是冲着伊格纳茨，是冲着我！他不是把酒杯砸到伊格纳茨身上，是砸到了我身上！他是借酒发疯，羞辱了我，这是男人之间的事！"

我跟他说，他是头母牛。但是他依然坚持己见，尖叫，说这事跟伊格纳茨没有关系，那个贡萨洛不是一头母牛。最后他说:"所以,我必须向他挑战,跟他决斗,这件男人之间的事必须按男人的方式解决;我把他当成一个男人,这样就堵住了人们的嘴,他们不会再说什么普托追我儿子!所以,如果他不接受决斗,我就一枪打死他,像打死一条狗一样,你告诉他,让他放明白点。他必须接受决斗!"

他顽强的性格令我吃惊,可以看出,如果不能强迫贡萨洛变回男人,他是不会善罢甘休的,因为他大概不能忍受自己的儿子遭受世人的嘲笑;而且,他要违背现状、扑向现状,想要改变这样的现状!但是,怎样才能迫使贡萨洛接受决斗的挑战呢?办法是人想出来的。托马什老先生让我亲自去见贡萨洛,私下里告诉他:他必须做个选择,要么接受决斗的挑战,要么让托马什老先生亲手杀死他。接着,我得再见他一次,带着另外一个见证人,以便按规矩提出挑战。

真是没有办法。不好,唉,不好啊。最好撒手不管,因为这样的做法是反自然的:该怎么对普托说出决斗挑战呢?但是,尽管有悖于自然,有悖于理性,我心里还是生出一线希望:也许,作为男子汉大丈夫,他接受挑战,那样一来,我也就不必因为和他在招待会上行走、和他一起行走到日本公园而感到那么羞耻了。我决定去找他,把决斗的事抛给他，看他怎么办。所以（虽然这似乎不怎么好）我认真对待托马什老先生的请求，打算去见贡萨洛。

我来到他宫殿般的住宅，镀金铁栏杆后面是一大片场地，十分空旷。我必须在门前久等，大门终于打开，贡萨洛站在门口，但是他系着仆人的白色工作围裙，手里拿着擦地板的刷子和抹布。我想起来，因为惧怕他招引的那些男孩，那些少年，他装扮成自己的仆人；我知道，所以我径直往里走，他步步后退，脸色苍白，两条胳膊耷拉着，像抹布一样。我说我是来跟他聊聊天的，他才稍微放松了一点，说："当然，当然，不过，还是到我的小屋里去吧，在那儿谈话比较方便。"他引着我走过几个金碧辉煌的大房间，来到一个很小的房间；房间肮脏，上帝啊，连一张床也没有，几块光木板上有个草垫子。他坐在草垫子上，问我："外边有什么事？听到了什么话吗？"这时候我吐了一口唾沫。

他双耳发白，他精神颓然，就像一块抹布。我说：

"老先生要跟你决斗，因为你羞辱了他。用长剑，或者手枪。"

他不言语，沉默着，我对他说："要跟你决斗。"

"要跟我决斗？！"

"跟你,"我说,"跟你决斗。"

"是要跟我决斗?"

他说话细声细气,挥动一下两只小手,瞥了一眼,又用花花公子的小嗓音说:"是要跟我决斗吗?"

我回答说:"收起你的尖声细气,收起你的飞眼和小手儿,最好接受挑战。我是出于友谊来告诉你的,让你知道,如果你不接受决斗,老先生就要杀死你,像杀死一条狗一样。接受还是不接受,由你。"

我料想他会大喊大叫,但是他屈从下来,像一块抹布一样,他两只柔软的大脚丫子支在地板上;而他胳膊上黑黑的汗毛也柔软下来、耷拉下来,像棉花似的。他一动不动,大眼睛瞧着我,像头母牛似的。我问他:"你怎么对付?"他一语不发,显得柔弱无比,柔弱得像一只落汤的母鸡,他柔弱得太久了,就像中国皇后那样舒舒服服伸一个懒腰,甜蜜蜜地说:

"都是为了伊格纳茨,我的伊格纳茨哟!"

因为害怕,他软弱成了一个女人:一旦成了女人,他就无所畏惧了!因为,怎么能够跟一个女人决斗呢?但是,我依然努力说服他服从理智,告诉他:"喂,阿尔图罗,你要想一想，你羞辱了人家老先生（他吼叫："老先生顶个屁！"），他不允许别人损害他的荣誉（他吼叫："荣誉顶个屁！"），而且还是在他的同胞面前（他吼叫："同胞顶个屁！"），我可不允许你对这位父亲的决斗挑战不应战（他吼叫："这位父亲顶个屁！"），你要立刻把这个儿子忘了，忘得干干净净（他吼叫："就是这个儿子呀，说到我心里来了！"）。"

他哭了。他一面哭，一面哼哼唧唧的："我本来想，因为我是你的朋友，所以你也是我的朋友。这个老东西怎么把你哄过去了？你不应该向着这老东西，你应该和年轻人站在一起，给他们带来一些自由啊。你应该保护年轻人不遭受父亲的迫害！"

＊

　　他说："你靠近点，我有话跟你说。"我说："远点也能听见。"他说："过来，靠近点，有话告诉你。"我说："我能听见，为什么还要靠近？"他说："我有话告诉你，得对着耳朵小声说。"我说："用不着咬耳朵，这儿没有别人。"

　　但是他说："我知道你把我当成恶魔。但我要告诉你，为什么我让你站在我这一边反对这个父亲，而且希望你把我这样的人当成社会栋梁。你告诉我，你不承认任何的进步吗？咱们就应该在原地踏步吗？可是如果你拥护旧事物，还怎么可能拥护新事物？当父亲的老爷要永远用父亲的皮鞭管束年轻的儿子，年轻的儿子要永远喋喋不休地为父亲祷告吗？给年轻人一点天地，让他享有自由，让他随便一点嘛！"

　　我说："你是个疯子！我赞成进步，但是你把走邪路叫做进步。"他回应说："就算有一点邪了，那又怎么样？"

　　他既然说了这样的话，我就回应："看在上帝分上，这话你去跟和你一样的人说去吧，不要对体面而有教养的人说。如果我挑唆儿子反对父亲，我大概就不是波兰人了；你要知道，我们波兰人，是特别尊重我们父亲的；所以这样的话你不要对波兰人说，不要挑唆儿子反对父亲，把儿子引上邪路。"他大叫起来："你为什么要当波兰人?!"

他接着说："波兰人到现在为止的命运一直是很不错，是吗？你们波兰人的性格你不觉得讨厌吗？你们的痛苦还不够多吗？历来的痛苦和悲哀还不够多吗？他们今天又在扒你们的皮呐！你还坚持保存这张皮吗？你不想改变一下，变成新人吗？你想让你们全部的男孩子都追随父辈、重复一切吗？唉，应该把男孩子们从父亲的牢笼里放出来，让他们在没有道路的地方开辟道路，让他们见识见识陌生的事物！一直到现在，老父亲都是骑在这匹小马的身上按自己的意志行走……现在应该让小马驮着他父亲去他想去的地方，这样的话，父亲的眼睛也不会发懵，因为自己的儿子驮着他呢！嘚儿哒，走啦！你们放开自己的男孩子，让他们飞，任他们跑吧！"

我高声回应："你住嘴吧，收回你硬性的强求吧，让我反对父亲和祖国，根本办不到，尤其在现在这种时候！"他嘟嘟囔囔地说："父亲、祖国，都见鬼去吧！儿子，儿子，儿子才是主要的，真的！祖国跟你有什么关系？儿国不是更好吗？用儿国取代祖国，到时候世界会大不相同！"

他一说出"儿国"这个瞎造的字眼儿，我一气之下，想把他打翻在地；但是这个词儿听起来太愚蠢了，这个有病和精神失常的人惹得我笑得不行，我笑啊，笑得东倒西歪的……他却嘟囔着说：

"但是，这个老的……怎么对付呢？你这样挤兑我，我也许（出自友谊，我告诉你吧）会奋不顾身迎战决斗。是的，我也许会接受，但是在决斗的时候必须有一个朋友当见证人，在给手枪上子弹的时候他把子弹放在袖口里。这个老的，你就别管了！这老的跟你有什么关系嘛。让这个老的用空子弹开枪，这样，狼也饱了，羊也安全了。等决斗过后，大家和解，甚至还要喝一杯呐！等我勇敢站起来迎接挑战、显示出我男子汉大丈夫气概的时候，也许他会不再禁止我跟我的小伊格纳茨喝一杯呐……"

我又笑了起来；因为他的想法很可笑啊。但是我说："上子弹的见证人不是一个，还有其他的见证人呢。"

他说："他们干吗注意这个事呢，这是可以顺顺当当预先设计好的嘛，把子弹藏到袖口里，又不是第一次。"我回应他："要是从袖口里掉出来怎么办？"他说："袖口里得缝上套袖,掉也掉在套袖里,不用怕。"

我和他就这样坐着,不说话。到后来,我说(我又忍不住要笑了):"好,我要走了。"他把我送到大门口,立即使劲把门关上,不让街上的男孩子看见。当我独自在街上走的时候,"儿国"这个词儿又冒出来,像一个讨厌的苍蝇一样绕着鼻子打圈儿,又像烟草往鼻子里钻,于是我又哈哈哈地笑了一阵。儿国!儿国!多么愚蠢,多么疯狂,多么纯粹的精神错乱!还有他让我把子弹装在袖口里的那些下作的胡言乱语,还有为了这个普托背叛这位老先生和祖国……

*

怎么办呢？显然，凭人的力量，是不能够让贡萨洛站在装了子弹的手枪旁边的；如果他不应战，老先生就必定会像杀死一条狗那样杀死他，这样的话，这起事件就变成了犯罪。如果我还是老先生的朋友，我就不能放任不管。没有别的办法（如果我希望老先生好的话），我只能用火药的障眼法瞒住贡萨洛；但是，如果他确信自己运用智力能够战胜老先生，我们这些证人，就给手枪上子弹，子弹就哒哒哒地响起来！咳，不行，我是老先生的朋友！如果使用了欺骗的办法，也只是为了老先生好。但是全部问题必定是在他不知情的情况下解决的，然而，他是一个出类拔萃的正派人，绝对不会同意使用这样的阴谋诡计；我忽然想到，可以说服男爵和佩茨卡尔为贡萨洛当证人（跟他们达成协议，对我不是件难事），跟他们谋划事情会顺当的。

但是，首先，我必须同他们谈谈……而且得十分小心，因为鬼才知道，在昨天托马什老先生流血后他们是不是还跟贡萨洛勾结在一起，十分可能他们的良知觉醒（虽然他们都给我塞钱),他们的态度也许发生了变化。所以嘛,我去上班了,因为我还有工作任务得完成呢,但是,我得承认,我进办公室好像是要受刑似的,因为在那里,就像昨天我在招待会上行走之后我的同事们看待我那样,根本不是什么对天才伟大诗人的光荣赞美,而是严重的羞耻,尤其因为和普托联系了起来。我想,最好把这一切都推到杜松子酒或者威士忌上去,我把手帕按在太阳穴上,叹气,勉强走几步,像喝得半醉一样。小职员们从远处望着我,什么也不说,只是小声嘀咕,扎成一堆,在累累的文件当中瞧着我,像瞧着一只鸟儿似的,不断地嘀咕,嘀咕嘀咕、嘀嘀咕咕的。没有人对我说一句话,也许因为胆小怕事,可是他们之间却还在嘀嘀咕咕的,有的还咬一口别人的面包,还有人故意抓别人一把;无非是为了传句闲话而已,好像隔了一道篱笆似的。他们可能在说,我昨天糟蹋了自己;也许嚼舌根还嚼出更恶毒的话来。老会计在翻腾一大堆文件,还悄悄地瞅着我,像树枝上的一只乌鸦似的,或者也许他回忆起什么往事来,嘴里只是叨叨着"玩玩、乐乐,不怕脏,不怕破"。我装出喝醉的样子,或者最后拿起杯子来又喝的样子。

我问男爵在哪儿。他们回答说,男爵和丘穆卡尔正在检验新买的马驹。于是我到那儿去了,但是"儿国"这个词儿老跟着我,这个"儿国"好像一根筋缠住了我的脑子;我走到谷仓,谷仓在院子另外一端的马房后面,在那儿,我看到男爵在院子里站着,马房管理员骑在一匹母马马背上,母马高大,鬃毛很好,一会儿行走,一会儿慢跑,一会按西班牙方式或者法国方式扬起前蹄;再远处的一条长椅上坐着佩茨卡尔和丘穆卡尔,他们一面喝啤酒,一面观赏一匹栗色马驹;马驹刚上了马蹄铁。佩茨卡尔叫喊:

"利坡斯基,利坡斯基,你把马的脖套放在哪儿了?"

男爵挥动马鞭:"停!停!"梯子上有一只麻雀。我很难从谷仓后面走出,我甚至想转身回去,不去见他们。但是狗窝里的狗开始狂吠,没有办法了,我走了出来。我把一条手帕放在脑门子上,慢慢地走,叹气,像刚喝完酒似的。经过昨天的事,大概他们见我也觉得不舒服,他们立即都拿出手帕,叹气、呻吟,男爵说:"哎哟,头疼,头疼啊,大概因为昨天好事太多、太多了,可是不要紧,不要紧!跟我们喝啤酒吧,虽然不合口味,但大喝之后再少喝一点也好啊!"

于是我们喝酒,还唉声叹气的。但是他们给我的钱让我坐立不安,也不知道该怎么跟他们说话。有丘穆卡尔在场,我不想说话（因为我只看准了男爵和佩茨卡尔可以当见证人），所以我们就这样干喝酒，还唉声叹气的。天气很热，要下雨了。丘穆卡尔拿了一根棍子到谷仓里取乐，因为他丢了一串钥匙，我抓紧时间述说：托马什向贡萨洛提出决斗，但是，关键是，障碍是，贡萨洛害怕接受决斗挑战，无论如何不接受。所以我说："这件事难办，因为托马什赌咒发誓说，如果贡萨洛不接受决斗，他就要像杀狗一样把他杀死，这样一来，就要犯罪了。这事难办还因为，在这个同胞遭受沉重羞辱、需要紧急帮助的时候，咱们不能不提供某种帮助，得想办法，让贡萨洛接受老先生发出的挑战。"他们回答："当然，当然，同胞，同胞，而且在这样的时刻怎么能够把同胞撇下不管，怎么能够不伸出手来帮助呢！"他们都点头，都喝啤酒，都翻白眼瞥我。

钱的事，我不愿意再提，因为感到不舒服。然后我说，恐怕没有别的办法，如果贡萨洛想要使用不上子弹的枪决斗，就得答应他；但是必须严格保密，不能让任何一个人知道。只有这样才能既让狼吃饱，也让羊保住性命。大家凑出来的主意。男爵瞥了佩茨卡尔一眼，佩茨卡尔瞥了男爵一眼；男爵说："当然没有别的办法，这是个麻烦事。"佩茨卡尔说："一笔糊涂账。"

我说："我知道，贡萨洛愿意请诸位高贵的朋友当他的见证人，因为你们都曾经在冲突现场；咱们既然都是见证人，看法都一样，就容易把事情办好，像常见的那样，把子弹塞在袖口里；虽然是件麻烦事，但是咱们的意图是纯洁的，因为是要体谅一位朋友，一位同胞，一位已经年迈、有教养的人士；还有就是，在我们祖国现在如此艰难的时刻，不要损害波兰的名声。"

佩茨卡尔瞥了男爵一眼，男爵瞥了佩茨卡尔一眼，男爵用手指打响指，佩茨卡尔活动腿脚。男爵说："无论如何我不给普托当证人。"佩茨卡尔说："我愿意给普托当证人，没说的！"

但是，我说："唉，困难，困难，但是应该，应该，一位同胞有麻烦，这是为了同胞，为了祖国……"于是男爵叹息，佩茨卡尔叹息。他们都坐着，瞧着我，喝酒，叹气。他们都说："唉，困难，困难，但是应该，应该，没有别的办法，都是为了同胞，为了祖国！"

所以嘛，困难，很困难。主要是，意图深不可测。因为只有鬼知道他们实际上是要为谁服务：贡萨洛呢，还是托马什？他们也不知道我的意图（主要是，我还没有把钱还给他们）。但是我也不知道自己的意图，虽然我站在这位老父亲这一边，可是年轻的"儿国"却时常出现在我脑子里。开始下雨了，丘穆卡尔从梯子上下来了。

必须开始行动了。我去见了贡萨洛，告诉他我请了佩茨卡尔和男爵当证人；他拥抱我，说我是他朋友，他已经可以确定枪里是没有真子弹的，还许诺给我金山银山。接着我去见了托马什，仅仅告诉他，贡萨洛发誓接受他决斗的挑战。托马什拥抱我。然后我去见了加西亚博士，托马什告诉我这是他的第二个见证人：他是一位优秀的陪审员，得知托马什派我来拜见他，立即在办公室十分客气地接待了我，虽然当时还有其他顾客在场。他说（当时办公室里一片喧哗声、碰撞声，有很多顾客，有人送来记录，分发，不断有人进来、打断谈话）："我认识托马什先生，我是他的朋友，但是这些记录要送到那个地方去，要收据，我如果接受这件有关荣誉的事务，就可能不是一个讲求荣誉的人了，您可以问问佩雷斯先生，他收到薪金了没有，因为我不能拒绝他，啊，得把这个急报写完，请允许我，您保存好这个文件夹，完成我的任务，寄出这封信去。"我们去了贡萨洛那里，留下挑战书；在自家大厅里，贡萨洛表现出很大的勇气和尊严，接受了这份文件。

*

但是，到了晚上很迟的时候，我累得几乎站不住了，一回到家，就收到了参事博茨罗茨基的请帖：明天上午十点到公使馆，公使阁下要见我。这个传唤对于我像一个晴天霹雳，因为我不知道他们想要知道什么，要对我怎么样，肯定是跟招待会上的行走或者跟那个普托有关！唉，他们干吗要折磨人，干吗不给我安宁呢，他喝酒喝得还少吗，给我、给他们自己制造的羞耻还少吗？也许是惩罚，霹雳要落在我身上，就因为我的古怪和愚蠢！但是，既然我得去，我就去了，只是我心里想，你别咬我，因为我也会咬住你不放的，对待我不能把我当成一个大老粗，而是必须当成一个人，我要变成卡在你们嗓子里的一块骨头。我在行走。街上响彻"波兰，波兰"的狂吼声，但是我依然在行走，而且当祖国的战斗和无情的叫声从四面传来的时候，我脑子里想着"儿国"，继续行走。公使馆里十分宁静，房间空旷，可是我在行走，参事博茨罗茨基出来见我，他穿着细条纹裤子和外套，打了一个扭成麻花的领结。他迎接我，极为客气，但是十分冷淡,有两次伸出很长的、英国人那样的手指头哼哼着指指办公室的门。我进了办公室,那儿有一张桌子,公使坐在桌子旁边,公使馆另外一个成员也在那儿,他们介绍说这是军事参赞费赫奇克上校。一个巨大的记事本和一瓶墨水表明,我们要进行一场非同寻常的谈话,但又像是一次会议。

公使阁下脸色苍白,睡眠不足,但是脸刮得干干净净。他极客气地迎接了我,但是显得有点为难……他碰了一下我的肋部,说:"但愿我不认识你啊,昨天你都干了些什么呀,喝多了,损害了自己,不像上帝的一个造物,但是,既然出了点事,就得应付……"

说着他就翻白眼,于是费赫奇克和博茨罗茨基也都翻起白眼来。我领悟到,已经发生的全部蠢事,他们都归咎于饮酒;我说:"酒是喝多了点,喝得肚子疼,到现在还直打嗝……"于是公使嘻嘻地笑,接着参事嘻嘻地笑,接着上校嘻嘻地笑。

但是他们的笑并非自愿,而是被迫的;也许他们在想法子整治我了。但是公使说:"告诉我,为什么和科布日茨基少校先生争吵;参事先生昨天到男爵那儿去看马,男爵说要发生决斗。是真的吗?"看到他们都听说了这件事的情况,我就说，是因为一个酒杯砸到托马什先生身上了。公使说："男爵说，在当时的情况下科布日茨基少校的行动极为尊严、正义，足以教育当时在场的所有外国人，而且可以肯定的是，这次决斗，不会给他带来耻辱，作为一位骑士、一个有教养的人，他提出了挑战。所以嘛，这是一件重要的事，先生们，我们这种大无畏精神不应该扣在木桶底下，应该广泛传播，扩大我们国家的荣誉，尤其是现在，我们要打到柏林去，打到柏林去，打到柏林去！"（这时候，所有的人都霍地站起来，首先是公使，其次是上校，再次是参事，他们都振臂高呼："打到柏林去，打到柏林去，打到柏林去，打到柏林去！"）

我不由得下跪。但是他们很快就中止了呼喊，参事打开备忘录记录。公使阁下继续说："我就是基于这一思想召集诸位来和贡布罗维奇先生开会的，商议如何办理传播之事。我们光荣的民族不仅因为拥有天才人士、思想家和杰出作家而百倍光荣，而且我们还拥有许多英雄豪杰，现在在国内我们的勇敢气概出类拔萃，所以也得让这儿的人见识见识波兰人的气概！所以公使馆的任务就是趁热打铁，无论如何也要展现我们的英勇，因为我们的英勇会战胜敌人，我们英雄豪杰的英勇，他们的英勇一定会战胜敌人，这种英勇不可战胜、不可征服，令敌人胆战心惊，面对我们的英勇，所有敌对势力都会发抖、都会退却！"（说着，他们都霍地站起来，首先是公使，其次是上校，再次是参事，他们都高呼："豪杰，豪杰，英勇，英勇！"）

我不由得下跪。但是部长说："所以，在决斗之后，上帝保佑，我要以盛宴款待少校科布日茨基先生；要邀请外国人；我们一定会战胜邪恶的势力！"参事立即记录了公使阁下的言词，记录完毕，他热情高涨，高呼："这是光辉的思想，阁下英明光辉的思想！"

上校高呼："先生英明而无与伦比的思想！"

公使说："看来嘛，这是不错的思想！"于是大家都对他高呼："完美的、宏伟的思想！"……于是这些话立即被记入备忘录大本子。记录完毕，参事又热情高涨，高呼："我们的敌人休想、休想战胜我们的力量、我们的英勇，全世界谁的英勇也不能够和我们相比！阁下，为什么公使阁下不能亲临决斗现场？所以嘛，我建议，不仅要请外国人参加公使馆的午宴，也要邀请他们观看决斗：要让他们看到波兰人高举手枪时候的英姿！让他们看见波兰人怎样用手枪打击敌人！

必须让他们看见!"于是公使和上校都高呼:"让他们看看!让他们看看!"我不由得下跪。

但是,声音被记入备忘录之后,公使阁下咧了咧嘴,翻了一下白眼,压低声音,侧身对参事说:"咳,蠢货,蠢货先生,你怎么能够邀请客人观看决斗呢?决斗不是打猎呀。唉,怎么说出这样的蠢话呢?已经记入备忘录,怎么消除呢?"参事的脸涨得通红,用怪怪的眼色瞧了公使一眼,侧身轻轻地说:"你不能涂掉吗?"公使说:"怎么能涂掉呢,那是议事录!"于是他们的脸色都白了;三个人都去看摆在桌子上的备忘录。我不由下跪。他们都在动脑筋想办法走出这困境。

最后还是上校发话了:"唉,我有一句蠢话,不应该这样随便出口的,但是我有一个妥当的解决办法。的确,阁下,您不能观看决斗,也不能带着客人们去决斗现场,因为阁下说得很正确,决斗不是打猎……但是可以组织狩猎,用猎狗,去打野兔,并且邀请外国人参加……就是说,在快要举行决斗的时候,我在不远的地方作出追逐野兔的样子,以打猎为幌子,可以向外国人展示这次决斗,同时,发表演说,歌颂我们的荣誉、尊严和英勇。"公使说:"哎呀,既没有猎狗,也没有马,怎么组织打猎呢?"参事回答:"猎狗嘛,男爵那儿就有啊,至于马匹,男爵的马房里也有好几匹骏马!"上校说:"是的,男爵那儿不仅有骏马,还有猎狗,而且还有皮鞭、皮靴、马刺。可以用二十到三十匹马组成马队出发。所以嘛,阁下,就这样办吧,备忘录里可要记准了啊。"

说到这儿,他们都跳了起来。但是公使呼喊:"慢着,慢着,你们都疯了?这儿没有野兔,野兔!你们都疯了,去猎野兔,可是这儿是大城市,连一只野兔也没有,打着灯笼也找不到一只!"

参事嘟囔着说:"问题就是,没有野兔嘛!"我不由得下跪。上校说:"确实,没有野兔这个病没法子治啊。可是,阁下,备忘录、备忘录,得涂改一点什么吧,备忘录,备忘录嘛……"

他们又像疯子一样围绕着备忘录呼叫。我不由得下跪。但是公使嚷道:"哎呀,上帝,上帝,现在正在打仗,打仗,还怎么打猎,打野兔,还带着猎狗?"参事嚷道:"备忘录!"上校:"备忘录!"但是公使阁下高喊:"上帝啊,上帝,没有野兔,还要打野兔去呀?!"于是他们一起吼叫:"备忘录!"所以嘛，有主意，就出主意，出不来也得出呀，于是他们都动脑筋，哼哼起来（现在涂抹备忘录，涂抹），最后，公使脸白得都失去了血色，嚷道："狗屁……狗……见鬼去吧，既然没有别的办法，咱们说干，还得干……我要组织一大队人马，去打野兔，没有野兔更好！打牌不出牌，也没有输赢，好！"我不由得下跪。

就这样作出决定：马匹、猎狗从男爵那儿取，马队有女士参加，配有猎狗，马队从决斗场地不远的地方路过，好像无意中、在不知情的状况下追一只野兔。同时，他们向太太小姐们和应邀前来的外国人展示决斗之后，还要向他们展现我们整个民族的英勇、荣誉、斗争，还有无限的勇敢、赤诚的热血、不屈的尊严、不可征服的信仰、最高的神圣力量和神圣的奇迹。我不由得下跪。决定被列入备忘录，公使宣布会议结束，大家都拉着长脸（感觉到自作自受的滋味），却还得呼吼几句"光荣，光荣，赞美，赞美"：首先是公使高喊，其次是上校高喊，再次是参事高喊。我不由得下跪，又马上站起来，急急撤退。

只有到了街上，我才发泄出愤怒的感受。魔鬼、魔鬼、魔鬼，见鬼去吧，他们现在需要一个英雄，所以他们制造出一个英雄来！但是我必须去出席一个会议——和男爵、佩茨卡尔以及加西亚博士的会议，讨论决斗的细节。对于这次会议，我不抱任何美好的期望，因为已经可以看到，我们越来越下沉、下沉、下沉，一直下沉到沉没。

我的预感确实没有误导我。

会议定在河畔一家咖啡馆的小花园举行（因为炎热），但是令我诧异及震惊的是：男爵和佩茨卡尔都骑着高大的种马来了。男爵说："我们正在训练种马，所以骑马到这儿来了。"但是，他们骑种马来不是为了训练，大概是因为，他们担心自己给母牛当见证人会被别人当成母牛。很快，加西亚的助手到来，说主任必须在登记办公室为卖据签字，不能到会，请求原谅，派他来出席会议。真是无可奈何。

于是我们开会；两匹种马在一棵树下站着。我不知道怎样才能把一切迅速、安静和最顺利地安排好，而且我不知道男爵和佩茨卡尔为什么变得和以前完全不一样了：像木头人一样，不太说话，但是非常客气，耍起派头、冷起脸来，不断地鞠躬。于是我说："决斗嘛，第一滴血之前，五十步。"他们说："不行，第三滴血之前，必须是三十步。"

所以嘛，他们虽然惧怕母马，却要把这决斗，上帝保佑，虚假而没有子弹的决斗制造得沉重；而那两匹种马在树底下站着。这两匹马躁动、跳起、发出嘶嘶叫声（虽然决斗没有子弹），表现出嗜血的欲望。

而且，他们彼此还都嘟嘟囔囔的，要开始争斗了。但是对我、对那个助手不敢……他们彼此之间，却敢大胆撒野，既然对我们不能使用种马，他们彼此却可要狠心地使用，彼此咒骂、挖苦。因为过去的龃龉、怨恨、老而又老的旧事，都顺嘴提起，什么磨坊啦，什么堤坝啦，彼此都瞪着斜眼，嘴里嘟嘟囔囔的，男爵嘟囔，佩茨卡尔嘟囔，嘟囔，嘟囔，两个人嘟囔，"我打烂你的烂嘴""我砸烂你的骨头"；于是男爵从衣袋理掏出一大块破裂的烂指甲。但是他们彼此不能打架，因为得跟我商议事情，所以，在跟我说话的时候，他们彼此只能含沙射影。男爵说："我就不是大老粗里面的大老粗，而是老爷里面的老爷，一切都不是长了猪鼻子的大老粗那样的大老粗做派，而是坐四驾马车的老爷那样的老爷做派，因为我是老爷，不是大老粗，我已故的母亲没有挤过牛奶，也没有去过谷仓后面。"佩茨卡尔说："谁是大老粗里的大老粗，谁是老爷里的老爷，我在这儿，如果愿意的话，请原谅，可以当着你们大伙的面脱下裤子来，谁要把我怎么样，我就砸烂他的烂嘴，砸烂！"

就是这样的胡扯！但是，他们给我的钱弄得我心神不安……不知道用这个钱干什么……会议已经开始，怎么还给他们呢？我不知道他们的意图是什么，是反对贡萨洛呢，还是反对托马什；我也不知道，我们这些正派人，是要谈论决斗的细节呢，还是要布置一个花招。如果是一个花招，那么，是针对谁呢，是要保护托马什吗，还是为了钱，为了那个大财主，那个下作的，哎哟，甜蜜的、迷人的大财主，为贡萨洛把什么事情都安排得顺顺当当的？我就这样怀疑着，男爵希望不是三十步，而是二十五步的距离；因为决斗越是虚假，就越是要显得险恶，所以他坚持认为凶险度看起来一定要高。这个助手，是个榆木脑袋，荷兰人，要不就是个瑞士人、比利时人或者罗马尼亚人，根本不懂得什么名誉的事，提出双方必须拿出担保来作为保障，担保要得到公证。一切都麻烦多端，障碍重重，没有子弹的决斗越来越险恶。

而在大洋彼岸，在那边，子弹横飞，浴血奋战。要不是因为树林那边、海水那边正在发生的事，坐在这儿的人是不会这么忧虑的；但是，就是因为那边浴血奋战，不仅我，而且所有的人都感到十分沉重，感受到压力，所以每一个人都在想，都在担心会不会有什么东西掉在自己的脑袋上，场面会不会过火。在这样艰难险阻的时期，我没有静静地坐着，而是安排这样的一次决斗，那边是枪林弹雨，这儿也有一颗子弹（虽然实际上没有子弹）。唉，耶稣，马利亚！唉哟嗬，唉哟嗬！这是为什么，有什么目的，怎么会这样，为什么这样，会有什么下场？唉基督，慈悲的基督，沉重，沉重，沉重！……可是，拿不出办法，既然没有别的事可做，我们只能面对这场决斗，这场决斗成了我们全部活动唯一的目的了。所以，我就像在森林里，虽然昏暗，看不清楚，如果迷路，看到远处一块大石头或者树木当中的一个山坡，就朝着那里走去，至少是个行走的目标。但是他们也是在行走，各人的方向不同，道路不同。

托马什在行走，他险恶又血腥的事情在发展，因为他要射杀母牛，唤出公牛，用枪声唤出公牛，再把母牛打倒，因为这母牛侮辱了他的儿子……啊，公牛，公牛，公牛！贡萨洛悄悄地在侧面灌木丛下面潜行，现在却像一只鼬鼠那样闻风追逐这个男孩，而面对托马什，他逃进空虚决斗的空虚之中。

男爵和佩茨卡尔骑着自己的种马，但是依然嘟嘟囔囔的，互相怒目而视，拿不准自己到底有什么意图。还有公使阁下和参事一直前进，在马队里，穿过林中空地，越过平原，在柳树下面，在松树后面、柏树后面，陪着太太小姐！阴暗的树木！广阔的古老森林！宽阔的林地！啊，仁慈的上帝，啊，善心的、正义的基督，啊，最神圣的圣母，我也在行走，行走，也是行走，是在我生命的道路上行走，在汗水中，在我的密林中向山坡走去。我在行走，行走，到那里去，达到自己的目的，却不知道是去干什么，必须做什么。唉，我为什么行走呢？但是我在行走，行走，因为其他的人也在行走，这样我们就像是一群山羊、一群小牛，一同走向这场决斗，走向这苦痛的计划，空洞的设想和决定，因为人受到众人的强迫，一个人在一群人当中，就像迷失在阴暗的森林之中一样。你的确是在行走，但是你已经迷途，你作出决定，作出计划，但是你已经迷途，你似乎是按照你自己的意志行动，但是你已经迷路，迷路，你说话，你行动，但是你在密林中，在黑夜中，你已经迷路，你已经迷路……

我满脑子充斥了这些思想,在街上行走的时候,讨人嫌的卖报声"波兰,波兰"从未停止,而且变得越来越响、越来越猛……大概没有好事……似乎有什么事出了差错,黑乎乎的,几乎什么也看不清楚,好像在迷雾之中,在水面上,在薄暮时分……但是我看出来,情况不好,什么东西正在嘎嘎出现裂纹,在崩开、喘息。就这样,我在街上行走,行走,买报纸,不知不觉竟来到公使馆前面,看到公使阁下房间点着灯。我的种种意向、我事务的罪孽性质、我感觉的不明确性、含混状态,都令我以惊惧的眼神观看我神圣的,啊,大概是受到了诅咒的祖国的这一座房屋;但是,我蓦地在白色窗帘上辨认出来公使先生的身影,就再也抑制不住忧思与好奇心:我想知道,必须知道,那里怎么样,有什么情况,真实情况是什么,为什么我们既然向柏林进军,他们却还在华沙近郊打仗。于是,我也不顾时辰已晚,便跨过祖国大厦的门槛,沿楼梯上了二层。我发誓要从这个人的嘴里挤出实话来。我行走,到处都是空荡荡的,寂静,寂静。我的脚步声在廊柱之间回响、消弭，而从大厅里传出感觉模糊的行走声音，玻璃门上，他驼背的英姿时而往这个方向、时而往那个方向移动。我行走，行走，行走。我走到门前，敲门，很长时间没有人回应，脚步声沉寂。于是我又敲门，公使喊道："谁呀？什么事？是谁？……"我进去了，他在窗前站着；看见我就喊："怎么没有报告就闯进来了？"

他从窗前走到炉子旁边，双手插在衣袋里。但是他立即说："好吧，来就来了，因为我正好也想和您谈谈。"

他坐在一把椅子上，但是又站起来，对我说："啊，贡布罗维奇先生——"他说了几句平常的话，旁敲侧击，察言观色的，直到最后才说："上帝保佑，说一说，关于这个贡萨洛都有什么飞短流长，比如什么男人们的贵妇，怎么回事？"他走到房间另外一侧，坐在椅子上，但是又站起来，抠指甲。我心里纳闷，他干吗要行走、坐下、又站起来、又抠指甲呢，但是我说：

"他们说长道短，说长道短，但是没有证据。他接受了挑战。"

"你得细心注意，别出丑，因为我们安排了一大队人马，已经发出邀请函！虽然这儿不打仗，没有野兔，我们还是安排了大队的人马！都会如痴如狂的啊！这儿不是酒馆，这儿是公使馆！"

他呼叫起来，声音跟打雷似的。他呼叫："公使馆，公使馆……"我很纳闷，他吼什么吼啊？但是在他螺形脚的桌子旁边站着，我想：他干吗呼吼、坐下、又站起来；他这样呼吼、坐下、站起来，让我越看越觉得邪门呀。也太奇怪了吧，而且空无内容，像一个空瓶子，或者空空的葫芦。我环顾四周，仔细观察、细看，忽然感到害怕，心想，既然这么空荡荡的，我真还不如下跪好吧？……

所以嘛，我下跪，但是没有跪下去。他阻止了我。他走了几步。他又阻止了我，又站在那儿。

我下跪，但是跪得空洞。

他站着，可是他站得也很空洞。

"您站起来。"他低声说，但是他说的话是空洞的。他走到座椅旁，坐下。他像一个葫芦，或者大蘑菇。

我慢慢领会到，一切都见鬼去了。都完了，战争失败。他不是什么公使了。

于是我不再跪着，于是我站了起来……站起来了。站着。他也站着。

我说:"就是说,马队没有了吧?"

他呼哧了一下,翻白眼瞥了我一下:"没有马队?为什么没有了?"

我说:"就是说,一定有马队?"

他说:"为什么没有呢?决定组织马队的嘛,当然是有的。"

于是我说:"哟?就是说,是有的。"

他说:"我不是风信鸡。"他又高呼:"我不是风信鸡。"他还以平常口气说:"你把我当成了什么人?我是公使,公使……"他忽而又高喊:"我是公使!部长级!"他又压低声音说:"狗……屁,我不是狗……屁,在这儿,我是政府、国家的代表!"他继续吼叫,没完没了。他就跟着了魔一样:"我是公使,我是政府,这儿是公使馆,我是公使,我是国家,我是公使,我是公使,我是政府,是公使馆,是国家,马队当然有,当然有,因为有国家,有政府,要打到柏林去,打到柏林去,打到柏林去,打到柏林去!"于是他跑到墙根底下,窗户下面,从那儿又到柜子旁边,还一直呼喊,高声呼喊,国家、政府、公使馆,高呼说他是公使,接着又呼喊,他说他是公使……但是他的呼吼是空洞的,于是我离开了公使馆楼房。

*

  但是一切都空荡荡的。街道上也空荡荡的。潮湿的小风吹拂着我，但是我不知道到哪儿去，干什么；我走进一家咖啡馆，那儿的茶是空白的。于是我想到，古老的祖国行将就木……但是我这个想法空荡荡的，空白的，于是我又走过街道，但是，这样走的时候，自己也不知道在往哪儿走。

  于是我就站住了。一切都干燥而空荡，像刨花一样，像干辣椒一样，像空荡荡的木桶一样。于是我站住，思考我到哪儿去好，干什么好，因为我既没有朋友，也没有亲近的熟人，我只好在角落里站着……在夜晚这个时刻，我忽然产生一个愿望，要到那个儿子那儿去，看看那个儿子……这个奇怪的想法很没道理，而且是在夜间，但是随着我在这个角落伫立的时间越长，又不知道到哪儿去（夜晚咖啡馆已经关门），所以这个欲望更加强烈。我父亲早已经逝世。母亲在遥远的地方。我没有子女，既然连朋友、亲密的熟人都没有，就让我至少看一眼别人的小孩吧，看一眼即使是别人的儿子吧。我说了，这个愿望完全是奇思异想，但是我还是迈步离开了那个地方；既然我行走没有目的，向那个儿子方向的行走就引导了我；所以，就这么无缘无故地，没有情由地，我往那个儿子那儿行走（我的步子变得缓慢、胆怯）。那个儿子，那个儿子，到那个儿子那儿去，到那个儿子那儿去！我知道，虽然时辰已经很晚，但是我能够实现这个愿望，因为托马什和儿子在公寓中占有两个小房间，而且，一如南美洲国家的习俗，门都是敞开的。

我进了公寓，没有受到阻碍，找到了那间小屋，我在那儿看见：他因为困乏，赤裸着躺在那儿睡觉，我看到他的胸膛、肩膀、头部和双腿，贡萨洛真是个色鬼、色鬼、色鬼！他躺着，呼吸。他的呼吸给我带来某种轻松感，但是突然有一股怒火袭来：我在半夜到他这儿来了，鬼才知道是为了什么目的……我告诉自己："嘿，必须看护、好好看护青年人，也得好好管束他们！懒骨头，你躺着干什么呀？我要赶着你去干活！派你去做事！必须把你看住，不放松，让你干活、祷告，得用一根棍子赶着你，让你长大成人……"但是，他在躺着，呼吸。我说："打他一顿才好，让他知道规矩，培养出道德来，慈悲的主啊，他这个懒骨头就这么睡着……"他睡着，而我站着，我不知道自己该干什么、为什么到这儿来。我想一走了事；但是又走不了，因为他躺着，我却不知道自己为什么到这儿来。

他躺着。这个时候，一股忧虑占据了我，我说话，但是声音很轻："是的，我到这儿来，是出自对于我们国家前途的忧虑，我们国家被敌人击溃，我们什么也没有剩下，只有我们的孩子们。要让儿辈忠诚于父辈和祖国！"我这样说，但是突然被恐惧攫获，我凭什么说这样的话，为什么这样说……这儿空荡荡的！我突然感到这里空旷！这里突然显得空空如也，一无所有……什么也没有……只有他躺在这儿，躺着，躺着……我内心感到空虚，面前一片空旷。我高呼："赞美主！"

但是呼呼上帝之名是徒劳的，因为这个儿子在我面前，只有这个儿子，除了儿子，什么也没有！儿子，儿子！让这个父亲咽气吧！没有父亲的儿子。解脱了缰绳的儿子，得到释放的儿子，这个道理，我这才明白！

次日清晨就要决斗了。

约定好的地方在距离河畔不远的空地上，我们已经到了，这儿还没有人。托马什正在祷告；但是很快医生就乘马车到了；接着就是喧闹和杂沓声，贡萨洛到来，乘四匹马的马车,有左前马骑手,马车后面是骑着高大栗色种马的男爵和佩茨卡尔,马匹受到马刺刺激和缰绳拉动,跳跃,发出嘶鸣。

我们大家都来到了这儿,我开始和男爵丈量场地,但是我看见了一只蛤蟆,就对男爵说:"这儿有蛤蟆。"他回答:"因为这儿潮湿。"加西亚医生走到我面前说,请快一点,他还要去开会和办交付手续。

指令发出,决斗对手入场。托马什先生谦恭地、镇静地走出来,而贡萨洛全身生光,全部行头亮丽:蓝色绸缎的带子,背心是黄色缎子的,上面的腰带是黑色的,半礼服式,有条带、配有勋章,帽子是双色的,像墨西哥黑色帽子,有圆边,边缘很大,很大。男爵和佩茨卡尔是骑种马来的。贡萨洛挥动着帽子,马匹发出嘶鸣。佩茨卡尔骑马向我奔驰而来,用力勒住马,从马上递给我手枪;普托重又挥动帽子。

托马什在他那个地点站着,等待。我给手枪装子弹……子弹落进袖口里的衬袋。接着,我把空膛手枪给了托马什,而佩茨卡尔也把空膛手枪给了贡萨洛。我们向侧面走开之后,男爵下令:"开火!开火!"……但是他的声音是空洞的,因为枪管是空虚的。贡萨洛把帽子往地上一扔,举起手枪，立即射击。枪声在草地上散开，然而空洞。麻雀都栖息在树枝上（比我们那儿的麻雀肥壮），但是受惊吓飞走。母牛也是。

托马什看见，贡萨洛的子弹没有打中他（因为没有子弹），便举起自己的枪，瞄准。他细细地瞄准，但是不知道他的瞄准是空虚的。瞄准，他瞄准，瞄准，开枪，可是怎么样呢，空虚，空虚：扳机一动，轰的一声而已。这时候太阳已经升高，开始炎热（因为雾霭已经散尽），于是从灌木丛后面钻出一头母牛；贡萨洛挥动着帽子；从远方，从树丛后面，有一支马队出现；走在前面的是两个前左骑士，其中一个有两条猎犬，另外一个有拴在一根绳子上的四条，跟在他们后面的有太太小姐和骑士们，形成喧闹的队列前进，闲谈，唱歌……他们就这样列队前进，列队前进，右面为首的是公使阁下，穿了打猎的裤子，骑着有花斑的大种马，远处是参事，旁边是上校。队伍在行进，行进，好像是在追捕一只野兔，虽然地面空空如也，因为没有野兔……就这样，他们从旁边走过。

我们也把目光转向他们，主要是转向托马什。但是他们走了过来。我给手枪装子弹，却把子弹放进袖口里。开火，开火。贡萨洛挥动着帽子,用空虚的枪射击,毫无效用;而托马什则举起枪来,瞄准,瞄准,瞄准……嘿哟,他瞄得多认真!嘿哟,他瞄准了多长时间啊,多长时间,多么细心,多么专注,让人看了多么惊骇,虽然枪膛是空的,但是贡萨洛蜷缩了起来,浑身发僵,连我都觉得,那把枪里面冒出来的,不是别的,一定就是个死。乓的又是一枪。除了乓的一声,什么都没有。贡萨洛挥动那顶大黑帽子,佩茨卡尔和男爵使劲拉缰绳,马前腿扬起,但是加西亚医生来到我面前,请求告辞,因为他要去开会。

此时此刻我真是急得团团打转!我立即醒悟过来,我们似乎是掉进了一个陷阱,这是没完没了的事,决斗完全不能结束,因为决斗要见血,可是枪膛里没有子弹,怎么见血?这是我们没有见识、糊涂和错误,商谈细节的时候竟然没有注意到!!!因为他们可能一轮一轮地放枪,一天一夜,下一天下一夜,然后还要一整天地放,不罢休,因为我还依然把子弹放进袖口,他们又开火,开火,就这样没完没了,一刻不停!上帝啊,怎么办呢,有什么办法!但是贡萨洛射击了!托马什射击了!马队从远处、从树丛后面出现,有太太小姐和老少骑士,也有猎狗,都是慢慢行走、碎步小跑,或者跳动，为首的是公使阁下，后面是参事和上校，都在追赶一只野兔（虽然野兔是不存在的）……

贡萨洛挥动帽子。托马什把手枪抬高到眼皮底下。嘿哟，他在瞄准啊！上帝，上帝，上帝，上帝啊，他全心全意、竭尽全力，出自他全部的正义感……皱起眉毛……眯缝起眼睛……已经在瞄准，在瞄准，这死亡、死亡，死亡必定是流血的，这死亡，必定要流血！啪的一声。这空洞的一声响可能杀死了他自己。普托挥动黑色帽子。马队出现，而且这一次更近，虽然这儿没有什么，但是他们互相对话、闲聊、呼叫，追一只野兔，为追一只野兔奔跑！就在这个时刻，佩茨卡尔的种马咬了男爵坐骑的种马臀部一口；咬了臀部一口！男爵抽了它一鞭子，但是佩茨卡尔也抽了男爵的马；随后，男爵从坐骑上抽了佩茨卡尔马的脑袋，但鞭子越过了马的脑袋，抽到佩茨卡尔的脑袋！所有的马都嘶叫起来。

我们往那儿赶去。但是马匹已经散开，在空地上奔驰！男爵掉在地上。我也看见马队里的马匹呼哧、嘶鸣，太太小姐坠马。我立即又听见狗疯狂的撕咬声音，还有呼喊声、呻吟声，哎哟，大概狗把什么人咬得倒在地上了，正在猛扑！

我们放弃了决斗不管，跑到灌木丛去帮助他们，马匹、种马都在龇牙乱咬，呼哧呼哧的……一堆狗的下面正是伊格纳茨，他和几条狗翻滚扭打，这些狗又咬他又拽他！人的呼吼、狗的狂吠、呜咽、伊格纳茨的呻吟、马匹的奔驰、太太小姐的尖叫、男人的粗声嚷叫，交织成为一部但丁式交响乐。

托马什喊道"手枪，手枪"，就从我手里夺走了手枪，对着那几条狗射击，但是枪里是空的。

这个时候，贡萨洛向那几条狗猛扑过去，赤手空拳，仅仅凭着可怕的刺破天空的叫声……他倒在狗群当中，开始滚打，反击狗群，呼叫，把这些狗从他的伊格纳茨身旁踢开赶走，用自己的身体、自己的身体保护伊格纳茨。

这个时候，骑手们拿着棍子、鞭子，有什么拿起什么，来打狗，其他人也急忙加入。他们把狗都赶走了。

他们也把马拴好了；跌倒的人都从地上爬起来，走到人群里去。托马什扑到儿子身上，看到儿子除了一些轻伤之外，没有大碍，便跪在地上感谢上帝无限的慈悲；然后他向贡萨洛伸出手来："啊，现在您已经不是仇敌，您是我的兄弟、朋友，您冒着生命危险救了我的儿子！"说完他们就互相拥抱，得到所有人的喝彩，贡萨洛的勇敢得到极高的表扬:"他从死亡里救了人!向死亡宣战!自己也几乎牺牲……"伊格纳茨也向贡萨洛伸出手来,贡萨洛立即拥抱了他,把他当做弟弟。

所以嘛,恐惧之后,迎来了欢乐。公使阁下说:"好啊,赞美上帝,一切顺利结束,谁也没有罪责,除了种马和马车夫……种马开始咬人的时候,车夫放开了几条狗,狗扑倒这位青年人身上;这位青年人是为了确保父亲的安全才躲到树丛里的。先生们,美丽的女士们,你们肯定看到了上帝恩典的鲜明迹象,上帝的恩典为一位父亲拯救了儿子。诸位请看看这些树木、这些绿草、整个的大自然,这一切都在广阔无垠的天空之下休息;诸位请看,这位波兰人面对全部的造物原谅了解救自己儿子的人!这是上帝的恩典!全部自然的善意!啊,这是确定无疑的事,这是最最确定无疑的事:波兰人因为具有多种美德而令上帝和大自然感到亲近,上帝和大自然眷顾他们,主要是因为他们的这种骑士精神,还有勇敢、崇高、信仰的虔诚!请你们看看这些树木!看看整个大自然!也看看我们波兰人!阿门,阿门,阿门。"于是所有人都高呼:"波兰万岁!"

我不由得下跪。这个时候,贡萨洛来到场地中心,用帽子划了一个圆圈，马匹因此受到一点惊吓，但是他不理睬这些马匹，开口对众人讲话："对于我，这乃是无限大的荣誉，我十分荣幸和这样尊贵的波兰人站在一起，阁下，上帝免除了我不敢应战的耻辱，我不会逃避向我挑战的任何一个人；我认为，对于一个男人来说，没有比清白的名誉更加可贵的了。另外，因为救助阁下公子免遭猎犬攻击，而这位高贵的仇敌愿意以礼相待，视我为挚友，我是不会拒绝这种友谊的，我愿意成为阁下在任何时候的友人和兄弟。我也相信，这位高贵的波兰人不会拒绝到我的寒舍做客，连同公子一起为友谊共饮佳酿。"于是所有的人欢呼、鼓掌，他们拥抱、亲吻，贡萨洛重又和人拥抱，先拥抱托马什，再拥抱他儿子伊格纳茨。决斗就此告终。

*

在我的道路和我的田野上的空虚之中,我的山峦沉重,田野空虚,空虚,那里似乎一无所有。就这样,在这一切空虚之中,我和托马什一起乘贡萨洛的马车前往他宫殿般的宅第,但是我们不是到他在城里的豪宅,而是到大约两英里或者三英里以外的庄园。在我们后面,贡萨洛和伊格纳茨乘另外一辆马车前往。我们沿着一条像是在山脚下的道路行走,那儿有房屋、住宅,很多篱笆、草地、果树;我们乘车前进,那儿有狗、母鸡,有时候还有猫,儿童在游戏,人们在四处行走;马在拉车,我们走得顺利,但是空虚,空洞。托马什保持沉默,我也沉默。托马什突然拉住我的手:"你告诉我,是不是可以不去……咱们为什么要到那儿去呢?看起来是和解了,看起来这个人表现得诚恳而勇敢,从死亡中挽救了我的儿子,但是,他的邀请有点不适合我的品位……唉,最好还是别去了!……"他对我说;可这是虚空的话!我回答:"不去!你如果不愿意,就别去。最好别去……你还没有看出来,他不是为了你,而是为了他自己才拯救了你儿子的？你也真是不幸，你为什么把儿子带到他家去啊？……你本来应该把伊格纳茨从那辆车里拉出来，像逃避瘟疫那样逃走啊！"

我这样回答，但是这些话也是空洞的，空洞，虽然我说这些话是为了舒缓我沉重的良知，但是我知道，我的建议会让他矛盾，断绝逃走的机会。

他拿起鞭子，抽了一下，马立即向前奔跑！他喊道："跑吧，跑吧！虽然你这样说，我和伊格纳茨还是不躲避他，因为我儿子伊格纳茨不是一个怕他纠缠的人！"于是他又挥动鞭子，马匹奔驰，而我为了良知的宁静，继续说："最好还是离开，别让伊格纳茨沾他的窝……"

两个小时以后，我们来到一个巨大花园的大门口，这个花园位于广阔无垠的南美大草原中间，这里一片锦绣，种满棕榈、猴面包树和兰花。大门敞开了，前面的林荫路潮湿、闷热，通向镀金过分的宫殿，这是摩尔人风格、文艺复兴风格、哥特式以及罗马式的建筑，处处传来蜂鸟、巨大绿头苍蝇、五彩缤纷的蝴蝶和各种鹦鹉的嗡嗡声响。贡萨洛打招呼：

"到家了！欢迎，欢迎！"

*

他又拥抱我们，抱我们的双腿，把我们让到室内！我感到惊奇，托马什和儿子也感到惊奇，因为我们看到了大厅和各个厅室的富丽堂皇，这儿处处有版画、细木条地板、灰泥装饰、镶板、框窗、廊柱、挂毯、雕像，再远处有小爱神、茶室、半露柱，还有棕榈，也有花瓶、景泰蓝大瓶，镶有水晶、琥珀、小箱子、威尼斯的或者佛罗伦萨的七弦琴，都配有金丝。一件用具拥挤在另外一件旁边，堆在上面，上帝保佑吧，让人看了头疼：恶鬼旁边摆着一个小爱神，椅子上放着圣母像，条纹布上有一个花瓶，还有一个花瓶放在桌子下面，另外一个放在大水瓶后面，接着又有一根柱子，不知从何而来、干什么用，旁边有一个盾牌或者盘子。放眼望去，可以看到提香、拉斐尔、牟利罗的画作，还有其他的超级艺术品，我们怀着毕恭毕敬的心情观赏，我说："这是艺术珍品，艺术珍品！"他回答："就是艺术珍品，所以我才不惜一切代价都买来，都堆在这儿，让它们变得廉价一点。我把这些杰作、绘画、雕刻，都放在这儿关起来，现在它们一件比一件廉价，它们这么廉价，我可以打碎这个罐子（一个波斯罐子，阿斯特拉罕的青绿色装饰陶器，有装饰线条；他一脚踢在罐子底部，罐子立即破碎。）……先生们；请来吃一点东西吧！把这些东西留给小狗吧……"穿过大厅跑过来的小狗是波伦亚种，但尾巴像小狮子狗，也许是和小狮子狗杂交的，不过它却长了猎狐小狗的毛。大总管先生快步到来，贡萨洛吩咐准备好酒美食，因为他说，这些客人都是他最真诚的朋友，是他的兄弟！说了这几句话，他又投入托马什的怀抱，又拥抱我，又拥抱伊格纳茨。

但是托马什说："这儿的狗互相咬呢。"的确有两条狗，一条是哈巴狗，但是长了毛茸茸的尾巴，另一条是牧羊犬（可是长了一条老鼠尾巴，嘴却是斗犬嘴），咬着、斗着，穿过大厅。贡萨洛喊道："这两条狗互相咬呢，咬吧！嘿，咬得好！先生，您瞧，这个圣母在咬这条龙，我这块波斯绿色地毯和那边那张牟利罗的画被咬坏了，还有那些檐板和雕像，既然这些狗互相撕咬个没完，我得定做几个大笼子，把它们圈起来！"说到这儿，他哈哈大笑，拿起放在桌子上的一条小鞭子，连连抽打家具，嘴里不停地喊："非抽你不可，非抽你不可，看你还咬，回狗窝里去，回狗窝里去！"喊得高兴了，他又拥抱、亲吻我们，主要是托马什先生，当然还有伊格纳茨。我们注意到，家具上有伤痕不仅是因为狗乱咬，也是由各种尺寸不当的家具放在一起彼此磕磕碰碰造成的。然后托马什说："那边是图书馆。"

旁边有一个很大的房间，正方形，地板上放着成堆的书籍、手稿，都好像是从手推车上倒下来的；又堆得像山一样，直到天花板；像深渊、峡谷、顶峰、河滩，到处都飘荡着尘土和微屑，直往鼻子里钻。

在这些山冈上，有十分消瘦的读者在读书——大概有七八个人呢。贡萨洛说："图书馆，哎呀，图书馆，真是我们的一个大麻烦！是上帝的惩罚，因为图书是人类最优秀的天才崇高精神最珍贵、最值得珍重的作品，但是，如果它们也互相撕咬、撕咬，而且因为数量过大而变得廉价——太多了，太多了，而且每天还有新出版的书要来，谁也没办法读完，因为太多，哎哟，实在是太多了，所以嘛，先生们，我雇用了读者，付给他们优厚的薪金，因为我感到羞耻，这些书都没有人读过，但是，太多了，他们也不可能读完，虽然他们整天整天地读，不间断地读。最坏的是，书籍彼此撕咬，跟狗一样！"一条像狼也像达克斯猎狗一样的小狗正好跑来，我便抓紧机会提问："这条狗是什么种的？"他说："这是我内室小狗。"这时候，托马什看见另外一条狗躺在狗盆里，便问："这大概是谍犬，但是耳朵太小，像仓鼠。"贡萨洛回答，他原来有一条母狼狗，这条母狗一定是在地窖里和仓鼠交配，虽然后来又和谍犬配种，狗崽子却长了仓鼠耳朵。"嘿，走啦！"他招呼了一声。

我们感到更加别扭……虽然他的好客风度和诚恳迫使我们以礼回敬，我们却很难掩饰这所住宅和这个人的怪异带来的不断增长的困惑。托马什皱起眉毛，向上翻动眼睛，像一条鲤鱼抖动胡须似的，可怜的伊格纳茨像是挨了闷棍，一言不发，站着，我虽然似乎和贡萨洛是相知，但是我自己也不知道对这个地方有什么期待，这个地方的怪异不上档次，而一大堆奇形怪状的细节让我们感到十分头疼。贡萨洛请求原谅，他要返回自己房间换一套比较得体的服装，于是只留下了我们，但是我们都没有谈话的心情；所以，在寂静中，苍蝇的嗡嗡声、鹦鹉的咯咯叫声、小狗的汪汪吼声和撕咬声，在这闷热的下午听得清清楚楚。

贡萨洛回来了，他穿了一条裙子！这个模样，令我们十分惊奇，而托马什由于极度愤怒，热血都冲到了脑袋里，他想要狠狠打他一棍子……但是这条裙子却不是普通的裙子。真是个魔鬼！实际上他穿的这条裙子，白色的，有花边，剪裁得像是睡衣；还有一件宽而短的罩衫，绿色、黄色、阿月浑子色，既是罩衫，又像外套。头上戴了一顶大宽边帽子，麦秸的，配有朵朵鲜花，手里拿着阳伞，赤脚穿着凉鞋，要么就是轻便跳舞鞋。

他高呼："嘿，嘿，请入座，聚会多快乐，请，请！大师傅，上菜！"但是他看出了我们吃惊的表情，补充说："哎嘿，我看出来啦，你们把我看成一只奇怪的鸟儿，但是我不是奇怪的鸟儿；好让各位得知，在我的祖国，因为过度炎热，人人在家里都穿裙子；这模样没有什么不好，也没有什么奇怪啊，我请诸位允许我，为了舒适，穿这样的服装。国家不同，习俗各异！而且我还撒了香粉，防止皮肤因为炎热而干燥。嗨，大师傅，上菜，斟酒，今天是盛典，贵客临门，上帝临门，我全心全意欢迎诸位，我们大家再一次拥抱吧，因为我大概没有比今晚在座各位嘉宾更好的朋友和兄弟了，幸会，盛典！"于是他拥抱、亲吻我们，拉住我们的手走向餐厅，一面欢呼，一面笑闹，餐厅里面有一个大圆桌，桌上摆满了酒杯、水晶杯、高脚杯、霜花杯……接着有成群的男仆端着托碟、盘子、大碗进来；但是，咦，好好瞧瞧，她们大概是女仆吧！于是我们又细心观察，是男仆，因为都长着胡子嘛！不过也许是女的，因为戴着帽子啊；但是也许是男仆，因为穿着长裤嘛！贡萨洛高喊："请随便进餐，随便进酒，不必拘谨，幸会，盛会，欢庆，干杯！"

他给我斟了烫热的啤酒；但是啤酒不像啤酒，因为虽然是啤酒，却掺杂了白酒；还有，奶酪也不是奶酪，虽然是奶酪，却又不怎么像奶酪。其次，小面饼似乎是发面千层饼，又好像椒盐叉子条或者杏仁糕；但是也不是杏仁糕，看着是阿月浑子，或者竟是牛肝做的。对这些美味食品议论太多是不太礼貌的，我们只好吃东西，喝看着是啤酒、喝着又不是啤酒的酒，有人长时间咀嚼什么美味，到后来还是一口把它吞咽下去了。贡萨洛奉献出最诚挚的好客精神，甚至还唱出一支歌来：

我的眼睛别看歪。
盯着瞧着贵客来！

*

这时候他大叫:"都见鬼去了吗?怎么没人站在这里呢?我吩咐一个少年站在这儿接受检阅的,在客人到来的时候……怎么不来接受检阅?嗨,嗨,霍拉西奥,霍拉西奥!"一个小伙子应声从下房里出来,站着房间中央。贡萨洛对他嚷道:"你这个懒骨头,怎么不来站着呀?我雇用你是干什么的呀?你必须站在这儿接受检阅!"他又对我们说:"在我们国家有这样的习俗——主要是在体面的住宅里,要有一个男仆站着接受检阅;但是这个懒骨头就喜欢露着肚子躺着。请大家畅饮,尽兴品尝美酒!"

情妇呼吼不理睬,
斟满斟满又一杯。

于是,我们喝。喝就喝吧。但是感觉沉重、沉重,啊,沉重,就好像你一个人在田野里迷路,周围空旷,就像在一个空旷的大谷仓里,那儿只有麦秸,空荡荡的。就像在我心灵的无限空虚之中，你在给筒风琴上弦。我瞧着这个傻小子，他站在房子中间，望着周围，我还看见，这个霍拉西奥每隔一会儿就动动这样、摸摸那样……还眨眨眼睛，挥挥手，踏踏脚，或者咽一口涎水。这些动作非常自然，但是也有不太自然的痕迹……虽然自然，难以察觉……但是我认真细察，看出来他不仅是为了接受检阅……而且经过更为细致的观察，我又发现，这个探子是在监视伊格纳茨。但是，贡萨洛开始唱歌：

　　妈呀娘呀让他跳，
　　婆姨长嚎也挺好！

于是，我就看着，似乎又没看，不过仍然是在看着……于是我看见，那个傻小子，正在和伊格纳茨交朋友，办法就是，伊格纳茨有什么动作，他也有什么动作，好像他被拴在伊格纳茨这根绳子上了。伊格纳茨拿面包，他就眨眼；伊格纳茨喝啤酒，他就轻微挪动一条腿；但是只有一丁点，一丁点，他的动作没显露出来；但是，他以这样的动作来回应伊格纳茨的动作，似乎以动作鼓励他呢。而且，除了我，肯定是没有人看得到的。

这个时候,一条大谍犬走过来摇尾乞怜;像一只黑毛山羊,但是又不是山羊,像一只长了尖利爪子的猫;只不过长了一个山羊尾巴,而且不像猫喵喵地叫,而是像山羊那样咩咩地叫。贡萨洛大声说:"来,来,小黑,吃个杏仁吧!"托马什问:"这个小黑是什么品种啊?"贡萨洛回答:"我养了一只丝毛狗猎狗混血的母狗圣贝尔纳,她一定是在地窖里跟公猫姆鲁切克交配了;不知道你看见没有,但是看的时候得小心。大家到厅里吃糖果吧,那儿凉快,空气流通;请诸位,诸位尊贵的客人,到厅里去吧!"托马什说:"请原谅,天已经黑了,我们又不认识路,还有急事要办,我们得告辞了。请您吩咐备车。"

贡萨洛高声回答:"不行,不行,您的话我不想听,让我在天黑的时候把客人放走,这是从来没有的事啊!嘿嘿!嘿嘿!我已经吩咐把马车车辖辘都卸下来了!"

随着黄昏到来,硕大的绿头苍蝇开始在棕榈树下面聚集,鹦鹉叫声消散之后,不知是什么动物在夜间发出的唧唧声、咕咕声、嘎嘎声断断续续传来,黑夜用大斗篷把呼呼响的面包树笼罩了起来。我们说吃糖果,也没有吃,说是闲谈，也没有闲谈，虽然没喝醉，还是醉了，走在家具中间，不知道那些是家具呢，还是花瓶……但所有房间空荡荡的，像在沙漠里一样。虽然有事要开始做、要决定，但是全部的思想、全部的决定，都像麦茬儿、像麦秸、像一根草茎一样被风吹到了干旱的荒野。空荡之感更加真切，我们更加感到了空虚。那个傻小子依然站着大厅中央，以应和伊格纳茨动作的动作跳舞，虽然他并没有跳舞（因为似乎是在站着）。到最后，主人终于让我们放松下来，恭请我们就寝，吩咐仆人引我们去各间客房休息。

*

　　我的卧室是一个洗澡间，分配给托马什的是一间闺房，里面放满各式各样的化妆品小盒子、小扇子、贝壳，瓷质的以及海泡石的小人儿，都放在架子上，放在螺形桌脚的桌子上，放在屏风后面的中国造的小桌上。

　　伊格纳茨的卧室在宫殿另外一翼，这一点让托马什觉得十分不妥：因为这显然是贡萨洛的计谋，要让伊格纳茨单独就寝。我独自待在房间里，只点了一根蜡烛，我感到强烈的恐惧，于是对自己说：喂，你在干什么呢？你是为了什么尽心尽力？你得小心，不能让坏事把你缠住……但是我的话是空虚的，空虚，空虚。我第二次对自己言说：嘿，你为什么到这儿来跟一个普托勾结起来，反对一位德高望重的父亲，这可能会把你引上邪路……但是，你像一个干辣椒、一根麦秆那样，又干，又空。我又说：咳，你为什么把那些子弹塞在袖口里呢，为什么要背叛一个老乡、同胞呢？……但是我似乎播种了罂粟，冒出芬芳，但这芬芳空虚，空虚……一阵强烈的恐惧抓住了我，但这恐惧完全是空虚的。于是我体验到了最奇异的感觉,大概不是恐惧,而是空荡;我惧怕的已经不是恐惧本身,而只是缺乏恐惧而造成的恐惧。于是,在这个沙漠上,我说:"去,去见托马什,坦白你自己的罪孽,托出全部实情,让实际情况显现出来,因为祸事可能临头,去,快一点去啊!……"但是我看出来,这些话并没有让我震动或者害怕,因为都像空空的酒瓶子或者衣柜。因为看出来我自己完全没有感到害怕,所以我惊骇异常,疯子似的奔跑到了托马什的房间,大喊:"托马什,我的朋友,你知道,我背叛了你,决斗用的手枪里没有子弹,这是我跟贡萨洛安排好的!上帝饶恕吧,你跟儿子赶快走,走,时间还来得及,因为在这座该诅咒的房子里,他们要败坏你的儿子;你对付不了这些江湖术士!走吧,走吧,我说!"

一听完我这番呼叫和坦白,托马什从床上跳了下来,披着衬衫,周围都是化妆品小盒;他举起双臂,大喊:

"决斗时枪里没有子弹,这是真的?"

托马什走了过来,箭步向前,抓住我的两条胳膊:"你说,说清楚!没有子弹?没有子弹?只有火药?"

老先生抓住我胳膊的时候,我不由得在他面前下跪表示悔恨,十分痛苦和忧虑……但是悔恨是空洞的。他还好,只

是喘息,很沉重、长长地吁气,声音响彻了房间。他问:

"是你们所有的人合伙干的?"

"我和贡萨洛。"

"其他的见证人没参与?"

"男爵、佩茨卡尔也参与了。"

他在喘气,喘得沉重,像正在爬山似的。他说:"你为什么对我做出这样的事呢?为什么你连我这一头白发都不尊重呢?你说,我对你做了什么,惹得你对我干出这样的事?"

我唯的一声哭了出来,沉痛而真挚,同时抱住这位老人的双腿;但是我的眼泪是空虚的,像屋檐上的滴水。

"所以我是用火药射击的?所以我是用火药射击的?所以我是用火药射击的?"

这句话他一连重复了三次。因为感受到了他的愤怒,我更加贴近他的双腿,又因为不敢抬起头来,在我头上,我重又感觉到了这位满头白发老人的愤怒,一双颤抖的手显示出愤怒,像鹰爪一样弯曲的手指显示出愤怒,一双昏花老眼的愤怒,一把老骨头的愤怒。我再次贴近他那双坚硬而无情的膝盖!

他说:"遵行上帝的意志!"

我呼叫:"看在基督受难的分上,你要干什么?"

啊,上帝,此时此刻我做了我该做的,我表现出来了担心、惧怕、颤抖……但是,令我恐惧的正是自己无所畏惧造成的恐惧,唉,我虽然搂住了这位父亲愤怒的双腿,虽然下跪,却不能感受到惋惜、痛苦、惧怕,只感觉到了麦秆、干草、空空的麦秆、干草!他说:"我要清洗自己的耻辱……要用鲜血清洗……但不是这个卑鄙东西……娘们的血……这儿需要另外一种、更沉重点的鲜血!"

我靠近他的腿。靠近他两条腿!这是坚硬的腿。这儿有沙哑的嗓音,这儿有银白色的头发;这儿有皮肤的皱纹,手掌抬高,颤抖的手掌,眼帘半闭,而他的诅咒却在我头上徘徊!所以我颤抖、我浑身发僵,但是颤抖和发僵都是徒劳的,因为是徒劳的,徒劳的,空空的枪管和空空的手枪!

"看来他们要把我和我儿子变成怪物;但是我儿子不是怪物!我也不是小丑!"他站在许多小装饰品当中大喊,"不是小丑!"

这时候我注意到,他也感到了空虚……这里就像松树林中那样的干燥、空旷,远方吹来的风慢慢掀起草茎、干枯的枝叶,搅动这些植物发出沙沙声响,吹拂苔藓,和嫩叶、嫩枝嬉戏……上面是松树和柏树树冠……徒劳的呼喊！空虚的愤怒！干辣椒、野百里香，消失的东西，就是消失了！

这位老迈的先生靠近我……贴近我，拉住我的手，嘴靠近我的耳朵："在上帝的帮助下，我要用鲜血清洗，沉重的、可怕的鲜血，我儿子的鲜血！"

我说："你要干什么？你要干什么？"他说："我要用我这当父亲的手把我儿子抓住，要亲手把他杀死，用刀，或者不用刀，把他捅死……"我大叫："你疯了吗！上帝啊！你胡说什么呀！"

"我要杀人，要杀人，因为用空手枪射击，绝对不行……所以必须杀死他，一定要杀死他！"

*

在我空虚的惧怕中，空虚，空虚，我急忙离开他的房间。从贡萨洛大宅宽大的窗户上落下迷蒙的月光。可以认为，托马什是一定要把这个念头付诸行动的，不仅要为自己被当成笑柄而复仇，也要用这样的死亡来拯救儿子，使他免遭如此的嘲笑。正当大地和天空殊死战斗之际，二者全都受到月色反光的拥抱，呼哧呼哧地喘息，坐下，一切都在垮塌、分崩离析，其中有狂吼、号叫、母亲的呻吟、冲突与碰撞中男人的拳头，而在棺柩和坟墓的崩裂之中，在世界的、自然的最后激荡之中，失败、毁灭和终结正在临近，对于一切活的造物开始审判——在这个时候，他，一个老人，也要加入战斗！他要和祖国的敌人战斗！因为年迈而体弱，他要把自己唯一的儿子送到军队里去，做好儿子牺牲或者致残的准备。他不仅把自己最亲爱的儿子摆到天平上，还要把自己的感情、一位老人沉重的血的燔祭摆在天平上！

但是他的燔祭是凄惨的。他灰色的头发并不威严。他老年人的温情空洞。因为他用空虚的枪对普托开枪，所以他也变得空虚，可能变成了一个稚气十足的小老头，只要给他一块糖，他能吃就行，或者让他去找小孩子，在夏日白天用玩具枪去打乌鸦或者鹩哥！这就是打空枪的虚弱无力。而他感觉到了自己的虚弱，所以想要在杀死自己儿子的同时杀死这样的虚弱……在杀死儿子的同时，以这种可怕的谋杀亲子的行为来杀死自己身上那个空虚的小老头，要成为有血性的老人，要有分量，要以老人的形象发威，要镇住局面！我的祈求都是空洞的！我的祷告都是空虚的！我为这个老人的空洞祈求，由于我恐惧的祷告，老人正在成长……

唉，都见鬼去吧，见鬼去吧，见鬼去吧，见鬼去吧，见鬼去吧！我怀着这些杂乱的思想，在这座住宅夜间沙沙声、嘈杂声、动物尖叫声和唧唧声中挣扎的时候，贡萨洛不知从哪儿蹦了出来！"那个老先生一直骂什么呀？我藏在门后面，全部的话都听见了！你这个叛徒，为什么把手枪的事告诉他？"

"既然你都听见了，你想必已经知道，你这场游戏的结果就是杀人，他是说到做到的，要杀儿子。"

他满嘴的烧酒味……打了个趔趄，差点儿没跌倒……醉得像一个酒鬼！"他要谋杀我的小伊格纳茨，"他嚷道，"但是，让他等着我的小伊格纳茨杀死他吧！"

他像醉酒一样胡言乱语。但是他这些话里有些地方我不喜欢，我说："你喝醉了。去睡觉吧。伊格纳茨为什么得杀他父亲？嘿嘿，你最好走吧，好好睡睡，别再招人讨厌！"

"伊格纳茨会杀死这老头子的！我来筹划，因为我有办法……我对伊格纳茨有办法！"

他继续胡说八道。他这些醉鬼的胡说八道根本不值得听信。但是他有些话到了嘴边却没说出来，所以我套他的话："你对伊格纳茨有什么办法呀？伊格纳茨没办法看见你啊。"

他发火了："嗨，嗨，嗨！是的，他十分喜欢我！我要安排，让他杀死他爸爸！杀死他爸爸，我有办法！他变成杀死老傻瓜的杀父者，就需要我的帮助和关怀，因为这是犯罪，他是刑事犯；到那时候，他就会服我了，服服帖帖的，咿呀嗨！"

我一把抓住了他的脖子！"说，你要干什么？你为什么又犯疯病，要干鬼鬼祟祟的事？你跟你那个奴才，那个霍拉西奥，在耍什么阴谋？他要对伊格纳茨怎么样？你们打算合谋干什么？说，不说我就掐死你！"在我手里，他软了，直翻白眼，轻声说："啊，别掐，别掐，别掐，别掐了！"我好像被烫了一下，一下子松开了他的脖子，我喊道："咳！你这条毒蛇，提防着点，我还要跟你算账的！"于是他开口大叫："儿国，儿国！"我惊呆了。他又叫："儿国，儿国，儿国！"他放开了嗓子，甚至整座房屋都充满了这个吼声，而且声音传播到了外面的森林、田野；他又狼嚎似的吼："儿国！"像着了魔……他这样狂吼，我开始行走，我迈步，我开始行走！他继续呼号："儿国，儿国，儿国，还有儿国，还有儿国，还有儿国！"因为他的吼叫，我的脚步变得越来越强劲，已经变得威武，变得凛然不可侵犯，而且整座房屋都要随着他的嚎叫崩塌了！

我冷眼一看，没有人。这个恶棍跑了，显然他被自己的吼声惊吓，把我留在了这儿，让我行走。我中断了行走，这个厅很大，摆满了形形色色的物件，但是一个堆在另一个上面，一个紧靠着另外一个，那边花瓶下面有一幅三联画，这儿的烛台上面挂着一块毯子，椅子上架着一个沙发椅，圣母和妖魔放在一起……妓院，妓院，妓院，一个和另外一个交配，不知羞耻，哼，妓院。各种各样动物的吱吱声、咯咯声、唧唧声传来，动物在互相追逐，在角落里、在帷幕后面、在座椅后面，不是公狗追逐母狗，而是公狗追逐母猫或者母狼，或者母鹅、母鸡、母老鼠，十足的发情了；母狗在追逐大鼠，公猫追逐水獭，老鼠追逐母牛，已经唱起新婚喜歌，妓院，妓院，还有新婚喜歌，没什么，没什么，由着它们就是了，让它们糟糕下去吧！耶稣，马利亚！慈悲的基督！悲伤的圣母！现在，在我面前，一面是杀子，另一面是杀父！

可以确定的是，这个老人凭着他一股顽固的劲头是准备实施誓言的，要用刀子，或者不用刀子杀死伊格纳茨……还可以确定的是，贡萨洛说的话不是能够被风吹散的，他有办法鼓动伊格纳茨，把他引向杀父的行动……好像这儿非要出人命案，问题只不过在于会是一起杀父案还是杀子案……面对我的父亲托马什，我要下跪……但是贡萨洛的吼叫声"儿国，儿国"又传来，充塞了我的耳朵，快把耳朵震聋了，所以我立即直起腿来走路，立即行走，行走，行走，行走，也许要把整座房屋震塌，把这个老头子杀死！这老头子跟我有什么关系？把老头子结果了，下了手算了！在什么地方向老头子猛扑过去，把他掐死，让年轻的掐死老的！从来只允许父亲杀死儿子吗？儿子就从来不能杀死父亲吗？

所以我行走，行走。但是我一这样行走，我的步子就开始向某一个方向走去，把我带到某处（虽然我不知道是哪里)……伊格纳茨正在什么地方睡觉……而我信步行走、行走、行走,伊格纳茨在那儿……我在走,伊格纳茨在那边什么地方的一间屋子里,是贡萨洛请他住那里的……我心里想,我这么走,是到伊格纳茨那儿去,去见伊格纳茨……这个念头一出现,我就迈步走向楼道,楼道通向伊格纳茨的房间,那儿昏暗,这可恶的楼道很长。在这儿,我的一只脚踩上了一个什么软的、有温度的东西,我顿时想到外面出现的那些狗,便想到,是狗——也许不是狗。我感到害怕,划着了一根火柴,但是,不是狗,而是一个块头很大的男孩,皮肤黝黑,躺在地上,瞧着我,一句话也不说,眼珠子突出来。一点也没有动。我从他上面迈过去,继续走,火柴灭了,可是我的脚又踩上了什么东西,我想:是狗,也许不是狗,于是又划着了一根火柴,一看,啊,原来是另一个大男孩在地板上躺着,长了两只大脚,因为被惊醒,直瞪瞪地瞧着我。我继续走,但是火柴灭了,我又踩上了两个男孩,一个白皮肤、头发是红色的,另外一个个子小、干瘦,两个人都瞧着我,什么也没说,向另外一个方向翻了个身。

我继续向前走。楼道很长。我忽然明白了,庄园里雇用的工人夜里都在这儿过夜……我感到奇怪的是,比较恰当的做法是可以把庄园房屋的露台给他们夜里休息用……但是每一个庄园主都按照自己的想法管理，根本不理睬他人的好言劝告。然而，因为这样的男孩太多，我感到有些厌腻，于是吐了一口唾沫，心想：吐在什么上头了呢？于是我站住，又划了一根火柴。有一个皮肤黝黑的男孩，高大，躺在那儿，我在无意中吐到了他的脑袋上，那口唾沫正从他耳朵后面滴下来。他没有说话，只是瞪着眼睛瞅着我。火柴熄灭。

我感到无名火起，想：我啐你唾沫，你干吗盯着我？……于是我又啐了一口。但是没有结果，他安安静静的，一动不动……于是我划着一根火柴，看见他依然躺着，那口唾沫正在往下滴。火柴灭了，我想，你见鬼去吧，你这个烂货，我就是要啐你，你不理睬，你这个坏东西，流氓，我还要啐你，吐在你脸上、你嘴里，让你知道！……我又啐了一口，但是等划着火柴一看，他依旧躺着，盯着我瞧。火柴灭了，于是我对他高声说："不管怎么样，你也是个烂货、流氓，你斗不过我，也许你还以为，我不会再吐唾沫了，你等着，我要啐你，啐你，想吐几口，就吐几口！"我又冲他吐了几口唾沫，但是他一动不动，我划着火柴一看，他依然在瞪着我。

所以嘛，我心里想到：说不定他以为，我这么折腾是为了娱乐，为了快活？……我感到震惊，一时之间定不下来心思要干什么，我站着，站着，而他呢，躺着，躺着，没有动静，没有动静，时间正在过去，正在消逝……最后我从他身上跳了过去，像躲过黑死病一样，我奔逃、飞蹿，却撞在一堵墙上，跑到一个房间，要不就是一个露台，我站住了……因为我又觉得有什么东西躺在那儿，挡住了我。烂货，垃圾，又出来一个，还有完没完啊，那我就非砸烂你的嘴不可……我划着一根火柴。哎哟，在墙根底下一张床上睡着的正是伊格纳茨，赤裸裸的，像刚从娘肚子里出生下来，正在酣睡，没什么，睡得香，呼吸均匀。看见了他，我十分吃惊。看他的模样，就是一个正派的青年啊。但是，他睡着了，作为无赖的他，也睡着了，啊上帝，他是个无赖啊，没别的，就是无赖，无赖，什么都干得出来的无赖，只要放任他，他就变成一个无赖，跟那些无赖一模一样！

*

次日早晨比前一天下午更热，连风都是闷热、潮湿的；名副其实的汗流浃背，衬衫湿淋淋的。胸部、心脏都感到无法忍受的憋闷，骨头、全部的肌肉都感到酸懒，不得不反复地伸腰、抬腿。所以这一个早晨，大家都懒懒散散的，勉强起了床，和主人打招呼，进早餐时呼吸沉重。贡萨洛穿了起床后的睡衣，绸缎的，还穿了跳舞鞋，鼻子里抹了麝香，伸出细心保养的手，用雪白的细小手指端起咖啡。成群的小狗，好狗狗，凡是有尾巴的，都在摇尾巴。人家给什么，我们吃什么，而且赞不绝口！那傻小子又站在那儿，一点一点地往伊格纳茨那边凑，好像是吹着一根笛子以细微动作配合他似的，但是十分细微、十分微妙，不知道他是在接近伊格纳茨，还是也许根本就没有这个意向，而他的眼睛却不由自主地眨着，有时两只脚轻轻地踏。丑角霍拉西奥跟着伊格纳茨的每一个动作，从旁配合，十分灵巧、十分合拍——实际上他不过是在吹笛。贡萨洛看到这个场景，说："听着森林音乐进餐，很舒适啊。"

这一夜，托马什大概老了二十岁，从下垂的眼帘后面，银灰色的、下沉的和年深月久的目光，落在这些细小的表演上……但是他一语不发，只说："是的，对于主人的盛情款待我不想知恩不报，所以要和儿子一起在这儿逗留几天；虽然有紧急的事要办，但是可以等一等。"

伊格纳茨感到惊奇，眼睛突出（傻小子也用眼睛呼应他，还轻轻踏脚），但是贡萨洛对托马什的决定十分满意，答话说："这是吉祥的时刻！你是我的朋友！走，一起到花园里去，活动活动筋骨。走啊，小伊格纳茨，看看我们两个谁打球打得好，我请求两位老先生当裁判，看我们谁的球艺高！"于是他从柜子里拿出球来，扔给伊格纳茨。伊格纳茨涨红了脸，傻小子咽了一口唾沫；大家都向花园走，小狗跟在我们身后。

棕榈树和灌木丛中的绿头大苍蝇发出嗡嗡声，毛茸茸的、羽毛般的花卉丛中和竹林中的鹦鹉鸣叫声，好像投入闷热、潮湿的拥抱，因为室外比室内酷热难耐。形形色色的动物往左面、往右面散去，院子里的大狗钻了出来，谍犬用鼻子闻我们：可是那鼻子却很像垂耳。那傻小子跟着伊格纳茨走，走得灵活而有节奏，这个恶棍，他的步子好像是踏着笛声的曲调似的。我们走到一片草地上，球场在一道篱笆后面，在柑橘园旁边。打球规则和我们的不同：将球打在墙上，球落在地上弹跳两次之后，再从空中将球打到墙上，让其落在球篮里，只有当球在地上弹跳两次后，才能将它再打到墙上。贡萨洛解释之后，立即把球从手里打到墙上，球在地上弹跳两次后第二次被打到墙上，落进球篮，十分灵巧。伊格纳茨跳了起来，把弹跳中的球接到手，打进球篮，而贡萨洛立即跳起，从距地面很低的地方接球打出……嗖的一声；但是伊格纳茨也跳起、接球、打出，发出嗖的一声，但是有一点偏离，偏了，偏了！贡萨洛追那个球，对霍拉西奥喊："懒鬼，你站着干吗，干点活，你太懒，讨厌的东西，拿根木棍，把那边的木头楔子往下打一打，都松了！！"他接着打球，伊格纳茨跳起来接住球又把球打到墙上，落在地上弹跳，然后贡萨洛斜着……球打偏了，打偏了！伊格纳茨再次跳起，把球打进球篮，而对方在空中把球截住，啪的一下，所以伊格纳茨还是没有接住，那球向上直飞！贡萨洛又接住跳球！进球，进球！嗖嗖，啪啪啪，声响连绵不断！

那个傻小子在旁边用木槌啪、啪、啪地砸一片土地里的木楔子。伊格纳茨输了，贡萨洛赢了。伊格纳茨又跳、又追球跑！……贡萨洛训练有素，一会儿铲球，一会儿拦截，那球正好从伊格纳茨鼻子尖前面飞过去。砰，砰，砰，砰，打进球篮，钻进球篮！而霍拉西奥在旁边啪、啪、啪、啪地敲木楔子。伊格纳茨生气了，脸色通红，全身淌汗，拿出最后剩下的一点力气，截住弹跳中的球；而霍拉西奥在旁边正在砸木楔子。嗖的一声，贡萨洛正好接住了球！然后伊格纳茨又接着打；他一打，霍拉西奥立即用木桩打木楔子应和他。随着这砰砰声和啪啪声，球嗖嗖地飞来飞去！伊格纳茨重又接球，霍拉西奥重又砸木楔子，随着这声音，球来回飞驰，贡萨洛也几乎接不到球了！然后伊格纳茨又击球，霍拉西奥又砸木楔子，好像是一起表演反对贡萨洛似的；伊格纳茨觉得自己赢得了一个同盟军，打球更有劲了……他们就这样啪啪、砰砰地表演，赢球！我偷眼瞧了瞧托马什，他一双毛茸茸的眼睛正在观看，这儿砰砰砰的，啪啪啪的，伊格纳茨砰砰砰的，霍拉西奥啪啪啪的，就这样砰砰砰、啪啪啪的！托马什顿时明白了，这不是打球，这是一个圈套，他们用这样的砰砰啪啪声响引诱他这个儿子，用砰啪声把他儿子迷住，可不是吗？老先生什么话也没说。一群狗在互相撕咬。游戏结束的时候，伊格纳茨全身大汗，连连喘息；贡萨洛祝贺他，拥抱他，赞扬他超群的灵活技巧！而且之后还不断地提起。此后，从早到晚，没有别的，只有对他儿子的诱引，在这个傻小子的帮助下……这位父亲的一双老眼焦虑地观看着！从早到晚都是这一套丢人的事，贡萨洛撒旦式的、地狱式的计谋。在鹦鹉和这大群嗡嗡作响兜圈子的苍蝇当中，他就像是杂草里、芦苇中的一条绿色毒蛇。

现在已经很清楚，为什么这个霍拉西奥对于他是不可缺少的。然后我们都去观看马厩，那儿的骡子很凶恶，腿脚很像骏马，可是咬嚼的样子像驴。而贡萨洛在这样的憋闷、这样的炎热中说："这样的骡子，谁也不敢骑，因为都会被摔下来。"伊格纳茨立刻说道："我来试试。"于是贡萨洛说："霍拉西奥，你愣着干什么呀，把那匹母马拉过来，让它跳过横杠，它连怎么跑跳都忘了。"那头骡子把伊格纳茨摔下来的时候，霍拉西奥也从母马背上掉了下来，两个人都很狼狈，从地上爬起来，摔得骨头生疼。其他人哈哈大笑，笑声和坠落声混在一起。贡萨洛笑！贡萨洛又要打鸟，说，霍拉西奥，你拿一支气枪，打一打谷仓后面山坡上的乌鸦，因为乌鸦啄坏了很多鸡蛋……所以，伊格纳茨到树林去捉鸟的时候，霍拉西奥就用气枪打山坡上的乌鸦……打枪的声音混合在了一起……伊格纳茨在水池里游泳的时候，霍拉西奥落水，于是伊格纳茨抓住他的脚，把他拉到岸边。就是这样的无休止的搅和，这个傻小子不断的、没完没了的、令人厌烦的伴随，在一切事情上的伴随，讨厌之极！伊格纳茨虽然可能察觉到了这个情况，而且感受到了贡萨洛的邪恶意图，但是制止不了自己的折腾和笑闹，和霍拉西奥的折腾与笑闹混合在一起，似乎二人已经成了挚友和兄弟。这一切，托马什都看在眼里，但假装没有看到……

但是，这是空虚。虽然即将发生的事情可怕之至，虽然他们正在诱惑儿子，但是一切都是空虚、空虚，以至于人要祈祷得到恐惧、威吓，就像鱼儿渴望水池一样；因为缺乏恐惧比恐惧本身更可怕。但是，我们就像干燥的草茎、像空瓶子，而对于我们，一切都像一个空荡荡的葫芦。在那儿的第三天，因为缺少惧怕感，惧怕攫获了我，我走到花园里，在那儿的草木当中，我追忆我的绝望感、我的种种失败、我的罪恶，我渴望唤醒疼痛之源、焦虑之源。我说："我丧失了祖国。但是没什么，空虚。"我说："我和普托羞辱了这位父亲。但是没什么。"我说：这儿有死亡、羞辱的威胁！可是这也没有什么，李子长在李子树上，我吃了一个，但是更大的恐惧又捕获了我：我不再害怕，我在吃李子。但是没什么，空虚，像苔藓一样，像百里香一样……我吃小路上的李子，虽然很小，但是味道好，太阳晒着，越来越热，忽然，在树后面，我看见托马什……他在小路上行走，在思考，把两只手举起来，好像是在呼吁上天降下暴风雨，打出惊雷……但是我捡起李子，吃了……我继续走，在树丛后面，伊格纳茨躺着，目光仰望苍穹，他的思想大概是沉重、沉重的，因为他皱着眉头，正在掂量什么，也许正在做出什么决定……但是，没什么，我吃了一个李子，又吃了第二个。绿头苍蝇嗡嗡地飞。我在小路上、在小林荫路上漫步，吃李子，看了看其他的果树和蔬菜。但是篱笆后面有人吹口哨。我走到篱笆前面，那边草地上有一个长椅子，佩茨卡尔、男爵和丘穆卡尔坐在上头，男爵拿着鞭子，旁边的马身上都有斑纹；他们都冲我点头，吹口哨。

　　我钻过篱笆。他们都说："有什么新闻？"我说："上帝保佑，平安无事。"男爵说："我们在附近的庄园里买了这些小马，坐下，瞧瞧，都是千里马。"但是我看见他们皮靴上都有马刺，便说："靴子上有马刺，你们到什么地方去跑马的吧。"

丘穆卡尔回答我："我们在庄园里试过这些马。"

我坐在椅子上；这时候佩茨卡尔用马刺刺了我小腿肚子一下，疼极了，我都快晕过去了；男爵和丘穆卡尔却挥动马鞭，哒哒哒地飞奔而去！这些马因为受到过皮鞭的训练，也发疯一样奔跑！随后，狗也蹿了出来，吼叫，追赶，狂吠！我因为彻骨剧痛连动都动弹不得，因为这马刺很尖利，一旦刺进肉体，就像钳子一样夹住活生生的肌肉！我只剩下一点力气，对佩茨卡尔大喊："别来了，别来了，疼！"而他全部的回答就是，他像疯子一样地号叫，像精神失常的人，受诅咒的人，他的一双腿猛地一踢。又一阵剧痛，痛得我双眼冒金星，昏迷过去，不省人事。

*

我清醒过来之后,看到自己是在一个地下室里,从一个小窗户进来的微弱光线给室内照明。起初,我还不明白自己怎么到了这个地方,但是我看到了男爵、佩茨卡尔、丘穆卡尔坐在另外一个长椅子上,主要是又看见固定在他们皮靴上那些弯曲而可怕的马刺,我才特别觉得这个处境的怪异。但是我想到,也许他们又喝醉了,出自过去的什么恩怨又曾打斗,所以这样对待我。我说:"看在上帝的分上,诸位,你们大概都喝醉了吧,告诉我,这是什么地方,你们为什么迫害我,我要拿一切神圣的事物发誓,我没有对不起你们的地方。"他们全部的回答就是沉重的、疲惫的呼吸,他们都以视而不见的目光盯着我瞧。男爵说:"安静,上帝保佑,安静!"所以我们都坐着,不说话。丘穆卡尔挪动一只脚,把马刺的刺针扎进男爵的大腿!极端的剧痛令男爵高声吼叫,但是他不动,他怕动,因为那样的话,刺针会扎得更深……于是,好像落进一个陷阱似的,他只能静静地坐在那儿……隔了一会儿,佩茨卡尔大叫,又把马刺扎进丘穆卡尔的肉里，在这个马刺的陷阱中，他脸色苍白，好像变成了石头。他们还是静静地坐着。

就这样，在沉默中，几个小时过去了，我连喘口气都不敢，因为害怕这几个疯子里又有谁扎我一下。我数不过来有过多少最野蛮的思想折磨过我，而在这几张长满胡子茬的、消瘦的、像被钉十字架的基督样扭曲的脸上，我像被处以火刑的人在活地狱里那样，看到了最残酷的判决。这时候门开了，进来的不是别人，正是老会计，这个老会计教过我填写账目，这个老会计亲自来了！这个老会计是个好人啊！可是这个会计变了！他行动缓慢，像一具苍白的尸体，向我们走近，歪斜的嘴唇紧闭，眼睛突出，他马蜂一样哆嗦着⋯⋯他哆嗦得不比男爵、佩茨卡尔和丘穆卡尔哆嗦得轻，而且他的身体看起来就像死掉那样僵硬！他的皮靴也钉上了马刺，他靠近了我们之后，竟在我身边站住，谁也不敢说一个字，差不多都屏住了呼吸，我就像一具尸体一样，什么也不说，也不敢出气，坐着⋯⋯所以，就这样，我们坐了三个或者四个小时，一个人挨着一个人，一动不动，没有声音，却有某种东西在我们之间生长、生长、生长，大概一直生长到了高空，变得比这世界还大，还有力量，突然，这个老会计用马刺嚓嚓地踢我！……踢在我小腿肚上！遭到这最强烈、最彻骨的剧痛，我倒在地上……他吼叫了一声，抱住了他自己的头。我躺在地上，感受到了这个把我抓进陷阱的锐利刀刃，我纹丝不动，以免疼痛衍生出更多的疼痛。一切重又归于宁静，宁静延续了大约两三个小时。最后，老会计深深叹一口气，十分小声地说：

"把马刺钉在他的靴子上。"

于是，马刺安装在我右脚的皮靴上。他说：

"现在，你已经属于我们马刺骑士同盟，你要执行我的命令，你要注意让其他人严格执行我的命令。逃跑等任何的背叛，你都不得尝试，因为有人会对你使用马刺；如果你发现哪一个成员有一丝一毫的背叛和逃跑的意愿，你就用马刺刺他。如果有人用马刺刺你，你不用理睬，有人会用马刺治他，所以你要用心提防，提防他人，注意最微细的活动，以便防止令人疼痛、可怕的、地狱般、魔鬼般的马刺！"于是他从苍白的前额上抹下汗水，小声说："放松肌肉，我给你解除痛苦。"

但是我很难放松：因为首先恐惧必须放开我。在长时间的努力之后，我解除了一点恐惧，求得了肌肉的一点放松，可是，在马刺极轻细颤动的时候，我的肌肉重新僵硬，我的眼里又冒金星，脑袋似乎要裂开，要爆裂，天地都要爆炸了！他忽然猛地呼吼一声，拔出马刺，有一次疼得我晕过去了很长时间。等我醒过来的时候，老会计不见了，挚友佩茨卡尔、丘穆卡尔和男爵坐着，互相观望。我根本不可能想到，自己竟被朋友囚禁，可是房间的门却没上锁：我可以起来，出去。但是因为惧怕又遭到马刺针刺，我还是坐着，纹丝不动，一句话不说。他们也是坐着。最后男爵终于稍微动了一下，而丘穆卡尔也立即摆动马刺；但是男爵说："请允许我去用锅碗瓢盆做饭，今天轮到我值日。"他得到做饭的允许，去做饭，但是佩茨卡尔带着马刺跟着他；而丘穆卡尔又严密看守着佩茨卡尔，眼睛也一直死死地盯着我。顿时所有人又都紧张起来，但是，饭做好了以后，气氛轻松了一点，丘穆卡尔哼哼着说：

"啊上帝，上帝，上帝啊……"

于是我终于明白了，没有希望。

＊

我不准备再描写我在这个马刺陷阱里遭受的痛苦细节来打搅亲爱的读者。这是个陷阱、陷阱，我们掉在里面，像老鼠一样，像兔子一样，全部的原因都在于这个老会计。因而，这个马刺间或放松了一点的时候，从男爵和丘穆卡尔的只言片语的泄露、从佩茨卡尔长号似的呻吟中，我渐渐探听出了实情。

这件麻烦事肇因如下：决斗之后，我和他们说到贡萨洛的庄园，这时候男爵跳过丘穆卡尔向佩茨卡尔提出决斗，因为佩茨卡尔打了他的脑袋。我说是跳过丘穆卡尔发出的挑战，因为男爵和佩茨卡尔在决斗后一起骑着种马返回的时候，丘穆卡尔从沟里爬出来（他潜伏在沟里等着他们呢），而且特别的气愤（他认为，他们故意不让他当贡萨洛的证人，以此来破坏他的生意，不让他得到好处），他从沟里爬出来，说："种马，种马，但是母马更适合你们，因为也许你们是母马；因为你们为一匹母马当证人，所以你们是母马……"他又拦住了他们，所以种马开始蹦、开始跳，男爵想要用皮靴踢他的脑门子；但是，没有踢到他，却踢在了佩茨卡尔的大腿上，因为丘穆卡尔在地上坐着呢。就是说，丘穆卡尔正在坐着，而在那边，佩茨卡尔正冲着男爵耳朵说："你算什么东西，你为什么踢我?!"男爵说："你为什么打我脑袋?"丘穆卡尔坐在地上说："哟，母马又互相咬起来了，快下雨了！……"于是种马又跳又蹦。于是男爵又对着佩茨卡尔的耳朵说话。然后他们热血奔腾，一个对另外一个提出决斗（而丘穆卡尔呼叫母马），于是现在他们更急着要决斗，因为都想要清洗普托的那件打空枪行为的耻辱。他们这样嚷着，到了办公室，男爵叫会计以他的名义对佩茨卡尔提出挑战，用马刀，或者用手枪。但是会计说："为什么要我去提出挑战，你怕子弹，因为已经很清楚，大家都说，那边那场决斗是没有子弹的，所以你肯定也想要这样的决斗，没有子弹……哟，你们骑种马，种马，可是用空空的手枪决斗，用火药射击……"丘穆卡尔说："母马，母马……"于是男爵和佩茨卡尔对着他们，要打他们，但是最后一起到练马场去喝酒了。男爵和佩茨卡尔在那儿吼叫、喧哗，准备用手指、用连枷、用草叉做殊死战斗，流尽最后一滴血……他们互相发火、乱骂、动手，也向会计扑去，又提起磨坊、堤坝的

161

事，提起全部老账，八辈子以前的全部恩怨又都活生生呈现在眼前。于是会计说："我有马刺，带弯儿的针刺，你们享用连枷的时候，大概最好用马刺……但是这马刺不是给母马用的，只能给种马！……"丘穆卡尔说："母马，母马！……"他们嚷道："是种马！"他们要求把马刺绑上，再用马刺互相乱踢，用刺针刺死对方！于是男爵用马刺刺佩茨卡尔，佩茨卡尔用马刺刺男爵，所以都落入陷阱，弄得连动都不能动。会计的脸色像白墙一样，眼睛突出，为自己绑上了马刺，扑向他们，刺他们，践踏他们，无情地扎他们，像狗一样吐着白沫子，嚎叫，那狼嚎之声从这个残酷的地方直上青天。于是，受难、各各他、这个同盟、撒旦的和魔鬼的陷阱从此就开始了。

推动会计使用如此残酷陷阱的原因，我是在他夜间返回地下室之后从他没有血色的嘴里探听出来的。让他述说这件事不容易，因为他自己遭受到了最大的恐惧；但是他承认，在男爵和佩茨卡尔互相叫骂的时候，一个很小的虫子爬到他的脚下，他把虫子踩死了。踩死小虫一事让他回忆起很久以前他童年时期的一只可爱的小兔，他把小兔勒死了，因为他想成为一个圣徒，要学会适应牺牲；但是他没有获得力量。

然后他又想到一头小牛，他当时作为一个少年，把这头小牛活生生地捅死，乃是为了让自己学会坚强，克服看到流血就颤抖的毛病。然后他又想起他学生时代的一匹灰色的马，他是用马刺把它杀死的，也是为了克服恐惧和成为一个英雄，拯救整个世界。而这匹灰毛马让他想起一头花斑母牛，他为了强化灵魂而杀死了这头母牛（因为他十分喜爱这头母牛，所以在牛被屠宰后，他抽噎不止，泪流满面）。接着他又想起一头猛狮，他把狮子关在笼子里，然后点火烤烧这头猛狮，这是为了克服软弱和学会适应做大事。可是在他回忆起多年前这头狮子的时候，他却看到了男爵和佩茨卡尔的无聊争斗，所以他就下决心把马刺针给他们，他们就像狮子似的狂吼。

然而，这些弯曲的马刺他是从哪儿弄到的呢？老会计对我说，战争开始后，到处是哒哒的枪声、隆隆的炮声、呻吟和呼喊、杀戮和破坏，他感觉到，他自己的温和、他全部同胞的软弱和小气都变得十分讨厌，所以他想要构建痛苦、受苦、威胁同盟，让这一切发出拯救的火焰！"啊，强力、强力、强力！啊，我们需要强力，超级的强力！啊……我把马刺的尖端折弯，秘密就在这儿；这样才能够把他们推进这痛苦的陷阱,而且不放出来;要制造最恐怖的骑士同盟,这个同盟要打击、摧毁、砸烂!在这个同盟里我对待同胞要可怕、残酷,甚至于自己都惧怕我自己……要自我摧残……要把我自己,一个会计变成为霸王……对,霸王,要有力量,强力!让大自然发抖吧!让敌人闻风丧胆!是的,要强迫自然、强迫自己、强迫命运、强迫上帝本身来改变现状!既然没有人敬畏我们的文质彬彬,那我们就要变得威风凛凛!所以我把你们和我自己抓住,关在这个陷阱里加以折磨,而且不停地折磨,因为我停止不了……如果我变得温和了,你们大概就会把我撕碎……所以不能放松!……"他这样对着我耳朵细声说,脸色苍白、颤抖,下巴颏直哆嗦,手指头不断弯曲,声音时而尖细,时而十分深沉。

于是我对他说:"格热高什先生,您究竟是为什么呢,这对您的健康也没有好处啊,您还颤抖、出汗呢。"他轻声说:"别说了,别说了!我哆嗦,是因为虚弱。但是,一旦我扼住自己身里的虚弱和卑微,并且把它镇住,我就会强壮。你别想背叛,因为有马刺!"

他摇动手指,这是他多年以来的习惯。

在这个地下室里,白昼就像黑夜一样昏暗,而黑夜就像白昼一样无法使人入睡。因此，只有马刺、马刺，我们一个小时一个小时地、一天天地、一宿一宿地坐着，坐着，互相监督着，我们任何的活动、任何的动作，在相互控制下，都变得十分困难。男爵的优雅、任性和时髦都跑到哪儿去了？佩茨卡尔的莽撞哪儿去了？丘穆卡尔永不懈怠的阿谀奉承跑哪儿去了？在这个地下室里，我们就像虫子一样地互相搅弄、互相纠缠，肮脏不堪，僵硬之后放松，放松之后僵硬，害怕又在陷阱里遭受马刺针刺。甚至在解手、去什么地方、给水加热、清洗炊具的时候，也必须两个人一起干，而且还要十分缓慢、十分小心，以免招致马刺的突然袭击。就这样，从早到晚，我们都坐着、坐着、沉默着，没有什么话可说，好像仇敌一样，虽然一切事项还是共同办理。只有到了晚上快睡觉的时候（也依然要互相监督），只有到了这个时候，我才说话，我们才开始闲聊，佩茨卡尔唠叨，男爵哼哧哼哧地轰隆说话，丘穆卡尔叹气、嘟囔、发出哭音，而老会计低着头或者通过鼻子发声。耳闻这些老气横秋的话声，我终于明白我处身其中的这种禁闭的无底深渊——因为这个陷阱大概不是今天、不是昨天，大概是前天产生的；今天应该如何反抗这种旷古长存的状况……嘿，阴暗的大密林，阴暗的远古时代！嘿，亘古的林莽！嘿，古老的谷仓，古老的仓房、堤坝和水边的磨坊……睡下之后，他们还在闲聊，一个人和另外一个争吵，这个对那个呼号，这个在那边唠唠叨叨，满嘴哲理，好为人师，直到有一天，那个小姑娘办事员苏菲亚到来，她是老会计派到这个陷阱里来的，就在同一个晚上，卡斯佩尔被诱骗到了这个地方。夜间的闲谈变得越发喧哗、吵闹，有人感到不安，扭动身体，还有人咻咻地耳语，或者发出龙卡、龙卡的声音，听见这样的声音，我被吓得毛骨悚然，心气虚弱，好像走进了一层一层的地狱。

几天之内，几乎全部的小姑娘办事员都被诱骗到了这个地下室里来了，所以地面上连一小块空余的地方都没有，谁也没有办法躺下……在这样拥挤的环境中，在这样拥挤的环境中，旧事复现，复现的不仅是旧事，还有前旧事……所以佩茨卡尔给男爵、给丘穆卡尔看他破裂的指甲，出纳员说"尤泽夫，尤泽夫，你不要哭"，簿记员却哭了！欧洲鲫鱼突然出现，然后是很久以前咬过的一块面包……又是马刺的猛戳，又是剧烈的疼痛，大折磨！还有，几乎没有办法相信、难以想象——主要是在白天：地下室的门只用一个小钩关着，只要站起来，走两步，就到了阳光下，得到自由，啊，上帝，上帝，我们为什么还坐在这儿，啊，上帝，上帝，我们都想出去的……自由近在咫尺……脑袋里容不下这个念头！理智令人瞻前顾后。

但是，有一天，我想到，怎么能够这样，不应该这样下去，因为我们所有在这儿的人都想出去，我也要出去，要出去，啊，我正在出去，正在出去……我站了起来，走到出口；他们不相信自己的眼睛，注视着我，似乎有希望进入他们的心中……他们呆若木鸡……但是佩茨卡尔动了起来；男爵大叫，用马刺踢他；佩茨卡尔哼了一声倒在地上，他要刺我，可是没有对准；但是这时候苏菲亚小姑娘的锐利马刺刺中了我；就这样，我们所有的人都倒在地上，一片痉挛，口吐白沫！！但是，这是为什么，啊，为什么要这样，怎么能这样，有什么目的，要干什么，为了什么缘故，到底为什么啊？

＊

这是空虚！一切皆空，像空酒瓶、像空心麦秆、像木桶，像空壳。我们的疼痛虽然可怕，但也是空虚的，空虚；恐惧是空虚的，疼痛是空虚的，就连老会计也是空虚的，像一件空虚的器皿。因此，我们受的难是没有终结的，我们可能得在这儿枯坐一千年，自己也不知道为什么，有什么目的。难道我永远也不能从这具空虚的棺材里逃出去吗？我会永远留在这儿，在这些人当中，这些沉没在自己前太古时期的人当中，永远不能重见天日、不能重获自由吗？我的生活会是永恒的地下生活吗？

儿子，儿子，儿子！我要赶快投奔这个儿子。在这个儿子那儿，我会得到喘息，得到宽慰！在这个地下室里，我连连叹息，为他玫瑰色的清新面颊、为他灵活闪亮的眼睛、为他金色的发卷——叹息，我是多么渴望在那个树丛之中，在那条小溪流理得到休息和宽慰。在这儿，在这一群妖魔鬼怪中间，在上帝的整个世界上，唉，大概甚至在魔鬼的世界上，除了这个儿子、这个充满活力的儿子，在空虚中，在我遭到的干渴中，我没有其他的磐石、其他的甘泉。在对这个儿子的思念中，对儿子的渴望中，我作出决定，这是只有绝望才能激发出来的勇敢；我对老会计说："这很好，但是太少，太少了！这儿的疼痛、恐怖还不够！必须有更多的苦难、恐怖、疼痛。我们为什么像老鼠一样在地窖里坐着呢？现在需要行动啊！让我们完成行动，让行动给我们带来威严和强力！"

我提出了这一个建议。但是，如果我的建议旨在减轻疼痛或者恐惧，他们会把我当成叛徒，要用马刺治我罪的。然而，这个建议要求更大的恐惧、鼓吹行动，所以谁也不敢反对，主要是老会计本人也不敢（他脸色苍白、颤抖、大汗淋漓）。我高喊："你们胆小如鼠！我要求行动，可怕的行动，最可怕的行动！"他们都瞧着我，仔细察言观色；他们知道，我说这话可能言不由衷，此中有诈；但是，他们也同样知道，如果站起来反对我的建议，就会立即遭到马刺惩罚（他们当然惧怕这种令人胆寒的惩罚）。而老会计，因为看到了这个建议的恐怖之处，也就不能反对，因为他不能失去自己的威慑力量。

评议开始。一个人说："杀死公使。"第二个说："光杀还不够；必须逼供。"第三个说："逼供公使还不够，必须杀死他的妻子、孩子！"苏菲亚说："杀这些孩子还不够，必须把他们眼睛弄瞎。"就这样，在这些空虚的建议中，行动变得越来越令人闻风丧胆，而老会计毛骨悚然，脑门子苍白而有珍珠的颜色，他听着全部的言论，像沿着梯子走进十八层地狱一样。但是，我发言了："这一切都还不够，不够，亨雷克先生，康斯坦迪先生，不够呀，格热高什先生！杀死公使或者他的妻子算什么呢，早就有人杀公使了——这是平常的行动，不够恐怖。现在需要的行动，应该是没有原因、没有理由、没有道理的行动，仅仅是为了服务于恐惧、残酷这样的单纯目的。所以，最好杀死托马什的儿子，伊格纳茨，因为判处这个少年死亡是没有任何的原因的，所以比其他全部各种死亡更加残酷。这样的死亡，格热高什，会给你带来巨大的恐惧力量，结果，大自然、命运、整个世界，在你面前，就像面对一个强大的君主一样，都吓得尿了裤子！"众人高呼："杀，杀！……"于是他们乱踢马刺，呼号起来。老会计惊骇而无力地说："见鬼去，见鬼去，我不放你们出去，不让你们出去！"

评议开始。我说："我们必须出去，因为在这儿再也做不出来更加恐怖的事；而且把我们关起来的不是这个地窖，而是马刺。如果我们成群成伙地出去，皮靴上戴着马刺，那就谁也不能从别人身边逃走……没有恐惧！但是，首先，我要和格热高什先生到贡萨洛那儿去，因为伊格纳茨和他父亲在贡萨洛家，我们要在那儿筹划谋杀。因为谋杀不是容易的事，所以一切都必须考虑周密。装好马刺，我们骑马去，我相信，如果我尝试逃跑或者背叛，格热高什会对我施展马刺针刺的。"于是他们议论、讨论、争论，仔细分析我的建议，而老会计却翘起鼻子来，表示我的主意不合他的口味。但是我大声宣告："谁胆小怕事，谁害怕、想要逃避，就用马刺激发出他的勇气！"于是老会计大喊、尖叫："我不可能不接受这个建议，因为这是魔鬼的建议！"

于是我和老会计骑着从马厩给我们送来的两匹黑褐色马，穿过野地奔向贡萨洛的庄园；老会计那匹马哒哒哒的蹄声伴随着我这匹马哒哒哒的蹄声！老会计在加速！我也随之加速！一望无际的大平原！遥远莫测，令前额清爽，大概可以拿枪打鸟、打野兔，或者在田垄中间歇息、小睡……但是我们戴着马刺啊。而且还有行动计划，必须完成。我也不知道，我是刽子手呢，还是一个谋杀者，我是赶着去见这个儿子，还是赶着前往一口清泉，湿润焦灼的嘴唇……这空虚的奔驰的哒哒声，在这大草原上和空旷的荒原上我们的空虚所发出的嗒嗒声，像钟声又像鼓声一样引发出回声！上帝啊，上帝，我会像一个刽子手似的行走、奔驰，我为什么像我儿子的刽子手呢！我们到达一棵很大的栗子树下，我把马刺针刺进老会计的马匹，马立即吼叫、蹬蹄，把马刺针弄断了。马头塞在他的两条腿中间，于是，我这个刽子手、凶杀者，被另一匹马带走，消失在大平原最遥远的雾霭之中。

草原上只剩下了我一个人。啊，多么空旷，多么寂静，啊，一个小虫子，啊，一只小小的鸟儿落在树枝上……但是，儿子，儿子，到儿子那儿去、到儿子那儿去！于是我飞驰，儿子啊，到儿子那儿去，儿子，到儿子那儿去，马蹄点地，哒哒哒，飞驰！眼前出现了贡萨洛庄园的面包树，绿色的树冠，丛丛的灌木……但是，那儿传来的砰砰声，和我坐骑发出的哒哒声混合了起来，有人在什么地方敲打木楔子吗，或者用棒槌敲打衣服吗……这儿的马蹄发出嗒嗒声，那儿也发出哒哒—啪啪之声，我的马一发出哒哒、哒哒声，那儿就发出哒哒—啪啪声，声音从树木后面传来！啊，原来是他们在打球啊！我下了马，从树后面跑了出来，贡萨洛和伊格纳茨正在那儿打球,而霍拉西奥在旁边场地边缘上陪伴着伊格纳茨,伊格纳茨击球,霍拉西奥就啪啪砰砰敲打球场界桩!托马什在花园周围散步,吃李子……

看见我,他们都跑过来迎接。然后贡萨洛高举双手,呼叫:"上帝啊,你大概刚从坟墓里出来吧,怎么这样灰头土脸的呀,啊?"

他们立即给我饭食、美酒,还帮我洗澡,因为我几乎没有力气行动了。然后,我们坐在花园里的树下,贡萨洛问我:"上帝保佑吧,你不见了,跑到哪儿去了,这几天你出了什么事?"我不能够告诉他实情,因为他没办法帮助我,而且肯定也不相信:这个事实真的不像事实。于是我说,我到了田野里,忽然昏迷;失去意识之后,有人把我抬到医院去,在那里,有好些日子我都是在生死之间挣扎。他瞧了我一眼,大概不相信我说的是实话,我从他眼神里看出他心存疑惑。但是,我看到了儿子,这个儿子出现在我面前,在呈现出他清新的声音、活跃的笑容、活跃的动作,整个肉体的欢乐、灵活,对于我来说,贡萨洛还有什么意义,老会计的追捕和马刺骑士同盟的威胁报复还有什么意义呢?还有青草地、也许还有河畔的林丛,清新而凉爽……

*

然而，这是什么，这是什么呢？这些动作、这些变化的笑声！都在干什么呢？那傻小子竟如此大胆！这两个人，一个和另外的一个，一个对另外的一个都几乎是跳舞，跳舞，而非其他。就是说，一个一挥手，另一个就抬腿；一个一爬树，另一个就上板车；一个一吹哨，另一个就发出吱扭吱扭之声，一个一吃李子，另一个就咬野梨，一个一大喘气，另一个就打喷嚏，一个一转身，另一个就眨眼。就是这样的追随，这样不懈怠的陪伴，一个对另一个，一个为另一个，好像是在协调节拍，在每一个动作、每一个姿势上，都是这样永恒的陪伴，所以大概少了一个的话，另外一个就寸步难行。贡萨洛也随着踏脚、击掌，感到高兴，高兴，高兴得连跳舞鞋和裙子花边儿都掉了。

托马什在旁边吃李子；但是始终密切观察一切。托马什观察着，贡萨洛踏步，两个男孩在树下砰啪地发出声音互相配合，而谍犬耷拉着耳朵用鼻子闻来闻去，但是，空虚，空虚……这砰啪声就像空荡的鼓声。在咚咚鼓声的空荡之中，杀人的果实成熟，只不过我不知道：这是杀子，还是杀父。而在远处的地窖里，他们肯定在发誓要惩罚我，要复仇，口吐白沫，狂叫对我动刑。这儿的苍蝇发出嗡嗡声。到了晚上，贡萨洛拉我到了一旁，拍了一下我的肋骨，高声说："你瞧见了吧，伊格纳茨和霍拉西奥混熟啦！霍拉西奥教他游戏呐！这两个孩子就是我的两匹栗色小马，我到哪儿去，都带着他们！"

说着，他跳起舞来，又问："是什么花车？"

"什么花车？"我反问。他说："之前参事博茨罗茨基骑马到这儿来，秘密地小声告诉我说，公使阁下和贵客们要乘花车到我家来；说这是你们的民族习俗，要乘花车。参事还悄悄地说，要把住宅整理一番，准备好吃的。"

说到这儿，他喊道："公使阁下喜欢跳舞！为什么要到我家来访问呢？真是不明白。"

他从眼角斜着瞥了我一眼，说："叛徒，你到哪儿去了，干什么了，跟谁勾在一块儿了？要密谋反对我吗？啊？——不过，即使你们设计了阴谋，也是晚了，晚了……因为今天晚上这个父亲就要死了，我们要把他杀死！"

我们在栗子树下面的椅子上坐下来，我还很虚弱，头靠

在椅子扶手上,因为头会不由自主地摇晃。我问他:

"你有什么打算?"

"砰啪!"他大声回答。"砰啪,砰啪!"

"你有什么打算?"

"砰啪,砰啪,砰啪,砰啪!"

"你有什么打算?你的设想是什么?"

他一面摆弄他那双小手儿,一面大叫:"你还记得,几天前,伊格纳茨砰地发球,霍拉西奥就在旁边啪地回应吗?现在他们俩熟了,霍拉西奥发出啪的声音,伊格纳茨就发出砰的声音!现在他们已经互相适应,一个发出砰的声音,另一个不可能不发出啪的声音!所以一切都合乎我的设想,符合我的意愿!今天晚上,我们要砰啪砸烂老东西,因为,在霍拉西奥啪啪砸的时候,虽然那是他爹,伊格纳茨也要顺着这一动作,砰砰砸下去的。他就这样杀死他老爹!根本来不及弄清楚砸的是谁!"

说着,他跑到树木之间做脚尖触地旋转的舞蹈动作。我虽然虚弱,却还是止不住地笑起来,笑得浑身颤抖,然后我喊道:"上帝在上,这就是你的设想吗?砰啪!砰啪!"他停止旋转,说:"砰啪,完事,就像天上的上帝,砰啪,砰啪,我告诉你，完事，完事……"

我看看右边，又看看左边：那边是灌木丛、红莓植株，阳光在树叶之间闪烁，那边远处，霍拉西奥和伊格纳茨在木桶旁边……远处，托马什在花园里漫步，拾起李子，看了看，吃了起来。我准备告诉贡萨洛，叫他别再说这样的蠢话，这是根本办不到的事……这时候有一条狗，大狼狗，来摇尾乞怜，但它却像山羊一样咩咩地叫；虽然摇动尾巴，但那却是一条老鼠的尾巴。我虽然虚弱，却还细看了贡萨洛，可这不是贡萨洛，不是贡萨洛的手，而是柔软的小手，虽然很小，却又很大，还长了汗毛；手指头是蜜糖色，纤细，虽然是大手指头，却可能是小手指头；他眨着眼，但是眼珠子滴溜转……我对他说："这事办不到，办不到……这样的事你干不了，怎么能够砰啪，砰啪地……"他跳过来。玩儿似的。"砰啪！砰啪……等我的伊格纳茨砰啪结果了他自己的老爹，对我一定会变得更温柔，更体贴，因为他已经是罪犯了！"

伊格纳茨和霍拉西奥一起滚木桶。托马什在花园深处散步。于是，我说："这事你不能干……不要干，不要干这样的事……"但是我的话像干辣椒、像麦秆一样，如同空虚一样进驻我体内,而他甚至都没回应,一直对着光线反复审视自己的手指甲。我终于站起来,说:"我到花园里走一走……"虽然我的两条腿几乎抬不起来、走不动,我还是离开了他。他跑到球场去了。我在花园里散步,心里想:"他们要砰啪一下子砸死他……"

托马什在小路上散步,我来到他面前;片刻之后,我就不得不在绿草地上坐下,因为我的双腿发软。于是我们坐在李子树下面的绿草地上,托马什说:"你看见了吧?伊格纳茨和这个霍拉西奥混熟了。好啊,这对他的健康有好处!我在这儿散步,认真考虑……但是不会耽搁太长时间的……"我问:"你要做你告诉过我的事吗?"他说:"啊,是啊,是的。"

草地上清爽宜人……鸟雀嘟啾……四处飘浮着树木、果实、灌木的清香,一个小虫子在爬……我说:"看在上帝的分上,你还坚持你那个念头吗?"他回答:"是的,是的……要把儿子杀死……"听了他这句话,我还能怎么回应他呢,还有什么可说的呢……砰啪的声音复又传来,像打鼓一样,这是从树木、树丛、鹦鹉、蜂鸟当中、棕榈树下、仙人掌下面出来的空洞的鼓声……听到这些声响,托马什低下头,一只手掌压住另外一只手掌,嗫嚅道:"明天,明天,明天……"

绿头大苍蝇的嗡嗡声和鹦鹉的咯咯声更让我昏昏欲睡。我想道:他要杀,那就杀吧。他要干,那就干吧。那些人要杀他,那就干吧。他们要用马刺刺我,那就刺吧。他们要乘花车来,那就来吧……

贡萨洛下令拿来水果,我们吃了水果,后来又在客室里吃晚餐……餐后的甜点有点奇怪,像面包卷,又像烤蛋糕。我想道:上帝在这个世界上制造的东西是多么稀奇古怪呀!我正想着这件事,那两个傻小子几乎同时吃起来,一个喝一勺汤,另一个就咬一口面包……可是,我想:一块儿就一块儿吧!就是说,这样的怪事太多了,太多了。太多了,愿意干什么就干吧,愿意休息,就休息吧。

黑夜给大地披上了斗篷,大大的萤火虫在树下飞舞,花园深处传来各种动物的叫声,喵喵似的吠声,哼哼的呼噜声,我茫然不知所措的心情又添加了不安之感。我想:你应该害怕,怎么不害怕呢?你应该感到惊奇,为什么不惊奇呢?应该快跑,逃走,你怎么还这样坐着,怎么什么也不做呢?你的恐惧在哪儿,你的愤怒在哪儿?我的惊恐越来越大,原因就是缺乏恐惧,而且,在空虚中,在寂静中,惊恐像一个葫芦似的长大、加重。托马什的计划，贡萨洛的计划，傻小子和伊格纳茨的玩耍，老会计可怕马刺对我的追击和报复——公使乘花车来的计划——在空虚中，这一切都在膨胀，像一面空鼓似的擂响，而我却安坐……而在那边，在大洋彼岸，在树林后面，在谷仓后面，一定已经是寂静了，而广大的田野、森林，则充满了失败带来的厚重沉寂，而并非武器的铿鸣。托马什去睡觉了，伊格纳茨、霍拉西奥也都去睡觉了，狡猾的贡萨洛也忙着去休息；所以只有我留下，因为没有恐惧而感到恐惧。

　　这时候我决定到儿子那里去。啊，儿子，儿子，儿子！我一定要到他那儿去，我要再一次在夜间见他一面，也许见到他之后我会找到某种感觉……也许我会受到他少年青春的感染……于是我走过漫长的黑暗楼道，穿过在那儿睡觉的男孩子们，行走……行走，行走……我自己已经不知道，我到那儿去是为贡萨洛，还是为托马什搬弄是非……也许我是以马刺骑士同盟的名义去谋杀这个少年……我的步子像装载了雨云似的沉重，却又是空虚的，空虚的，空虚的。我走到他的小屋，看见了他：他全身赤裸，像刚被母亲生下来似的，在平静地呼吸。他躺着，酣睡，呼吸。啊，多么天真无邪！啊，睡得多么香甜，胸部起伏得多么平静！啊，他多么优美，多么健康！对，不，绝不，我绝不放你出去干那样的丑事，也许我会立即把你叫醒，警告你不要落入贡萨洛的陷阱，也许我要告诉你，他们正在用这些游戏把你引上杀害你父亲的罪恶之路！！……

我怎么能够不告诉他呢？难道我能允许，因为亲生父亲之死他被和贡萨洛连结在一起，让贡萨洛诱骗他，让他陷入贡萨洛的怀抱，遭受他的捏弄？如果这个普托从父亲家里把他骗走，带他进入暗无天日的去处，也许会把他捏弄得变态的！！！……啊，不行，永远也不行！我已经伸出手去，要叫醒他，伊格纳茨，伊格纳茨，上帝保佑，起来吧，他们要谋杀你父亲啊！可是我一看到他躺在那儿，又突然感到怀疑。如果我告诉他，他就要去追打贡萨洛和霍拉西奥，会下跪、扑到父亲脚下，痛哭流涕，那该怎么办？一切又都复旧，一如既往。他又要留在父亲的身边，继续跟着父亲祷告，捧住父亲大衣的后襟……一切还是原来的样子，永远保持下去？

我的内心愿望是这样的：最好出点事。唉，不管什么事，只要能改变现状就好……这一切我已经腻烦了，再也不能忍受了！一切老习俗，够了，足够了，让新事物来临吧！给这个孩子一点自由，让他做自己想做的事。让他杀死这个父亲，让他没有父亲，让他离开家，到田野里去，到田野里去！让他犯罪，他想变成什么人，由着他，哪怕变成杀人犯，哪怕变成杀父亲的罪人！哪怕成了变态！想跟谁配对就配去！因为产生了这些想法，强烈的晕眩感袭击了我，差点把我抛到地上，似乎有什么东西在我身上折断、崩溃，令我十分疼痛，而且带来了最惊心动魄的恐惧……因为，让他的儿子去犯罪、去淫荡、遭到玷污、遭到败坏，是可怕的、最可怕的、最令人厌恶的想法；但是，不，不，让他干去，由着他，我会感到害怕，我会感到厌恶，但是，他想当什么人，就让他去吧，让他折断，让他崩溃，让他垮塌，垮塌，让儿国出现，让无人知道的儿国出现！在深夜里，我就这样摸黑站在他的面前（火柴早已熄灭），我倾听着深夜、黑暗和时间的流逝，我这样把他从他父亲的家园里赶出来，进入黑夜、进入田野。啊，深夜，深夜，深夜！

但是，怎么了，怎么了？是谁到了门口？是谁在说话？是谁在喧哗？我听到呼叫声、喧闹声、车轮声、马鞭声、哼小调声和吆喝声。有人高喊："花车，花车！"我看见公使乘花车来了，就跑到客厅去迎接。

贡萨洛提着灯来到住宅前面，连画十字，表明已经睡醒。他们大声说话，马车拐进来，他们下车，喧闹呼叫着走进住宅，穿过大厅……他们后面是一个乐队……小桌和地毯都已经搬走，一个人摔倒了，另外一个人把灯摔坏了，但是，不要紧，桌子、椅子都搬到旁边去了，乐队齐奏小提琴！立即开始跳舞！跳舞！跳舞！

　　在山岭后面，在树林后面，
　　果霞搂山汉，跳舞多喜欢！

　　翩翩起舞的第一对是公使阁下和普西奇科娃夫人，第二对是上校阁下和凯乌博绍娃，第三对是库普哈主席和科夫纳茨卡夫人，第四对是卡里希切维奇教授和图希卡小姐，第五对是博茨罗茨基参事和梅什卡小姐，第六对是律师沃罗拉和多瓦莱维卓娃夫人。还有其他成双成对的人。宾客盈门！盈门！大概都是我们波兰人社区的精英！都是一对一对的！都是一块儿来，一块儿跳舞，砰嚓嚓，砰嚓嚓，转呀转，哎嗨呀，鞋后跟冒火星，大厅都挤不下，花园里都是宾客！唧唧，唧唧，唧唧，大蟋蟀和它儿子一起唱歌呢！湖水里的鱼儿都睡觉了呢！花车啊，花车！泽农先生拉住卢德卡小姐，旋转起来：

　　在山岭后面，在树林后面，
　　果霞搂山汉，跳舞多喜欢！

这边，仆人们端着食物和酒瓶穿梭奔跑，摆桌子上菜，那边，贡萨洛下令，于是车夫、马夫从窗口探头，整个住宅都轰隆起来，轰隆声传到了草地，传到了田野！大家尽兴喝吧！痛快啊，你为什么不喝呢？再干一杯！嗨，嗨，嗨，干啦，干了，干了！喂，佐霞小姐！喂，玛乌果霞小姐！西蒙先生，您好啊？喂，马泰乌什先生，多年没见啦！千载难逢啊！但是，穆什卡小姐和托尔恰小姐都跑了过来："跳舞！跳舞！花车！"她们热情奔放，笑哈哈地跳舞。博茨罗茨基参事在旁边开酒，我对他说："上帝保佑，一定有大好新闻传来了，这新闻我不知道是什么，但是，在公使引导下，所有同胞都高兴得出奇，不可能有别的原因，肯定是战胜了敌人。但是，我在报上看到，一切都完了，咱们打败了。"他回答："别说话，别说话。是的，大屠杀，失败，终结，我们走投无路了！但是我们已经跟公使说好，不能泄露真实情况，所以坐花车来了，花车！当铺卷走细软，给你留下个蛋。"

当铺卷走细软，给你留下个蛋。

当铺卷走细软，给你留下个蛋。

于是他立即举起酒杯:"万岁!万岁!"——"万岁!"他们高喊,跳舞的细长队伍像一条蛇似的穿过全部的房间,他们都扭着身子、鞋后跟冒金星,又踏脚,又拍手!于是队伍解散,组成舞伴,一对一对地跳起舞来!老年人都坐在旁边,聊天,喝酒,真诚地亲吻。哟,是瓦伦提先生吗?哟,弗朗奇舍克先生。多克托罗娃太太好吗,孩子们呢?再来一杯!上帝的奖赏,上帝的奖赏!可是公使拍了我一下:"你这个小子,怎么不跳舞?怎么,你不知道,波兰人都是又跳舞,又数念珠的吗!跳起来,跳起来。克拉科夫民间舞!"

少年郎都不是小糊涂,
会跳克拉科夫民间舞!

我对他说:"跳就跳,但是国内肯定是大败,一败涂地。"他的眼睛滴溜转,左顾右盼:"别说了,别说了!这些话你自己留着吧,人家听了也不会当回事的!你不是真的糊涂了吧,这有什么值得炫耀的呀!当铺卷走细软,给你留下个蛋!"

当铺卷走细软，给你留下个蛋。

当铺卷走细软，给你留下个蛋。

来，来，来！大家来！跳吧，快乐跳舞啊！给外国人看看，咱们就是能歌善舞！跳吧，跳吧！拿出咱们的歌曲，表演咱们的舞步，还有咱们的踢踏技巧！给他们看看咱们的姑娘，给他们看看咱们的少年！血气不是白水！来，来，来！让他们看到，我们是多么优美！奥贝莱克舞，玛祖尔舞，玛祖尔舞！

玛祖尔人魂气足，

死了也跳民间舞！

跳吧，跳吧，跳吧！……我不由得下跪。可是卡切斯基老先生向我示意，他要出去，别让狗咬他……所以我也跟着他出门到院子里来，他在树丛中解手的时候，我观看了一眼这座房子，房子对着田野和森林，发出舞蹈声响和亮光，以及喧闹的欢笑。可是在山上，天空是黑色的，像是低垂了下来。但是，花车轰然而至，艳丽惊人，大家都感受到爱情，着魔与爱情，显示出爱情，爱呀爱呀，又灵活，又大胆，鞋后跟闪亮，大家相爱呀，爱自己，爱呀，迷恋自己，已经跌入爱河，让我们相爱啊，相爱啊，爱得更深、更多、更长久！啊，相爱，相爱，相爱，爱……而天空是黑的、空旷的；近处是黑乎乎的灌木，神秘莫测……远处有两棵树……再远处是一个什么土堆，一团黑，岿然不动。

灌木丛后面，距离篱笆不远，有什么东西簌簌作响。我刚朝那儿看，就有一个很奇怪的东西笨拙地闪了过去：是头小牛，又不是小牛，大概是一条大狗，但是又长了蹄子，似乎还是个驼背。我拨开灌木丛，看见茶花树下蹦出一个熟悉的怪物：有一个人光着膀子骑着一条狗，可是有两个人脑袋！我一看见有两个脑袋，顿时全身冒凉气，第一个愿望就是赶快逃到大宅里去，但是我控制住了自己，决心把这个秽物看清楚。

于是我从侧面沿着篱笆绕到了灌木丛后面，那儿有簌簌声、跑跳声，似乎有几匹马……因为跑跳过猛，发出呼哧呼哧声。有喘息声音，像是人发出的。此刻又传来了轻轻的压抑的哼哼声。还有踢踏声，行走的声音。声音很杂，不是狗，不是马，也不是人的声响。我又扒开灌木丛向前钻去，在昏暗中，大约五十步开外，我望见了一大堆……但是这一大堆站在树后面，好像在跳动，在吵闹、咬牙，但是又好像被束缚住了，用蹄子刨地……又是喘息声，轻轻的压抑的哼哼声，还有呻吟声，差不多是人的呻吟……这个场面令人十分痛苦，残酷、可怕，可怕之极，我差不多变成了盐柱，全身都僵了，一动也动不了。

这时候，这些怪物之中的一个迈出笨拙的步伐向我接近（极像一个骑士骑着一匹马，用马刺训练它，还拉缰绳）——哟，原来那是男爵！男爵骑在丘穆卡尔的身上！片刻之后，第二个骑士来临，我辨认出来，这是老会计：他前进很费力气，他骑在切奇绍夫斯基身上，用马刺驱赶他，又拉缰绳，所以切奇绍夫斯基喘息、哼哼！可是，在惊恐之中，老会计也小声哼唧起来："都准备好了？"在惊恐之中，男爵哼哼唧唧回答："准备好了。"在惊恐之中，老会计哼唧道："还没有呢！咱们还不够可怕！还要更多地用马刺踢马！让马快跑！等到咱们的骑兵队足够威猛，让他们谈虎色变，我就发信号，发动攻击！发动攻击，就是给他们致命打击！致命打击，就是踏平他们的阵地！踏平他们的阵地，就是胜利，胜利！"

"就是胜利！"丘穆卡尔吐出一口黑唾沫，有气无力地哼唧。"胜利，因为咱们可怕，可怕，打，杀！吓死他们，吓死他们，把他们消灭干净，消灭干净！"他们都声嘶力竭："打，杀！"

听着夜深人静的花园里这发疯似的声响，我立即跳起来，沿着灌木丛往大宅里面奔跑，身后的门好像是把瘟病拦截在外面的屏障。上帝啊，上帝，上帝……

必须立即提出警告，让他们关闭门窗，拿起武器，拿起武器！哎呀，地狱的恶魔！可是，这是什么，这到底是什么呀？这是什么声音，什么鬼哭狼嚎？我满眼所见都是一对一对正在跳舞的舞伴！伊格纳茨也在跳舞，跟图希卡小姐跳舞，而且跳得轻盈、潇洒、旋转得迅猛，小姐在他手臂里面打转……老年人感到惊喜，努力给他们鼓掌……但是，他一踏脚，另外一个人也踏脚，他一跳动，那个人也跳动……那个人不是别人，正是霍拉西奥，他搂着穆什卡小姐跳舞，旋转、兜圈十分灵活，于是她也转啊，转啊，转啊！……老年人感到惊喜……也给他鼓掌……就是说，这两对人一起迈出小步，踏步、旋转，左转、右转，转动着女舞伴！啊，他们在跳舞，跳舞！伊格纳茨一跳，霍拉西奥就跟着跳，霍拉西奥踏步,伊格纳茨也踏步,砰啪,砰啪,砰,啪啪砰啪!砰啪,砰啪,砰啪,啪,啪,砰,砰,砰,砰啪,跳舞跳得欢呀!

砰啪!砰啪的声音像打鼓,越来越响!贡萨洛身穿肥大斗篷,像宽边大帽子一样在大厅里往返穿行两次,为跳舞的人鼓掌。而我听着这砰啪之声,低下头来,眯缝起眼睛……我顿时觉得空虚,空虚,像鼓声一样的空虚……但是公使快步走来。"上帝!"他呼喊,"怎么回事啊!这样跳舞不行啊,他们的闹腾声压过了音乐,抓住他们的脑袋,把他们扔出去!……"但是伊格纳茨砰砰地跳,所以霍拉西奥就啪啪地跳,啪啪,砰砰,连窗玻璃都震动了,杯子都跳了起来,托碟都蹦了起来,连地板都吱扭吱扭呻吟起来!但是,其他跳舞的人还想要再跳,而且还有花车、花车、马祖卡、马祖卡的配合——哼,没有的事!花车已经没了,只有砰啪、砰啪,人又都跑到角落里去,却看到,这儿也是砰砰、啪啪、砰啪声,像乱马蹬踏!托马什拿了一把切肉用的长刀,藏在外套里……

我真想大叫一声,这是杀子,杀子!但是杀父接踵而来!因为在跳动中、在踏步中,在砰啪声中,是砰砰跳着的伊格纳茨和啪啪跳着的霍拉西奥！霍拉西奥撞到了一盏灯，伊格纳茨撞到了一盏灯；霍拉西奥撞到了一个花瓶，伊格纳茨撞到了一个花瓶；霍拉西奥打中了托马什！

上帝啊托马什倒在地上了！……

托马什倒在地上了！……此刻，伊格纳茨砰砰砰地砰砰打过来，啊，他要砰砰砰地砰砰，砰砰地打在他父亲身上，啊，他也要砰砰砰地打……

啊，儿子，儿子，儿子！要让父亲死去！就是这个儿子，到现在我才明白！魔鬼，魔鬼，魔鬼，也许他就是魔鬼，也许他让魔鬼控制了，魔鬼，啊，魔鬼，魔鬼，魔鬼，魔鬼，啪，魔鬼，砰，魔鬼！伊格纳茨飞奔而来！该怎么样，就怎么样吧！有什么事，就来吧！就让这个儿子谋杀父亲吧！而在这个普遍性的、致命的罪孽中，在这样的耻辱中，在这样的淫荡中，只有砰啪的呼吁声和地狱骑兵同盟的奔驰声和谋杀的轰鸣！展露在世人面前的耻辱！

啊，展露在世人面前的耻辱！啊，瞧啊，先生，你好像是赤脚，穿了马裤，嘴里叼着衬衫，好像在啃一个蔓菁、一根生胡萝卜，好像刚刚在谷仓后面大便完毕，好像一丝不挂地在天地里飞奔，好像用手挠耳朵后面，羞耻，羞耻，羞耻，像穿着衬衫的光腚！啊，上帝，上帝，魔鬼，魔鬼，哎呀，他已经飞起来，要猛冲下来，已经要打到自己父亲的头上，砰砰砰地打他！耶稣，马利亚，耶稣，这是何等苦涩的耻辱，折磨人的耻辱，何等的耻辱，他的确要砰砰砰地打他啊！

但是，怎么了，怎么了？啊，也许是解救！啊，怎么回事，怎么会是这样？啊，还可能是解救啊！因为他正在向他父亲飞来、飞来、飞来，已经飞来，要俯冲，已经、已经在俯冲，有人对他笑、微笑，啊，对他微笑、微笑，上帝、上帝啊，他微笑起来啦，他笑起来啦，大概笑起来啦，他这样飞向欢笑，飞向欢笑，要俯冲、又向上方飞翔！啊，向上方飞翔！笑啊，笑啊！公使捧住了肚子，爆发出啪啪的笑声！于是传来砰啪砰啪的声音，佩茨卡尔捧住了男爵的肚子，老会计抓住切奇绍夫斯基，他们一起砰啪砰啪地大笑，啪啪啪地笑；那边，老年人们嗓子眼里发出咯咯咯的笑声，身子东倒西歪；这边，多瓦莱维卓娃笑得发出母鸡般的叫声，眼泪直流，砰啪砰啪地吼叫起来；神甫笑得直吐唾沫，发出夯夯的声音，穆什卡和图希卡到处乱蹦，弄得满脸都是鼻涕！然后爆发出笑声！普采克主席笑得摇摇晃晃的！他们都在墙根下喘气，痛痛快快地撒尿，想忍住笑，却又实在忍不住，又笑得肚子痛，直不起腰来，或者笑得岔了气，连耳朵都嗡嗡作响，那边有人坐在地上，伸出两条腿，嗷嗷地笑，呼啦呼啦地出声，直打哆嗦，直发抖，哆嗦个没完没了……还有一个人甚至脸都肿了，肿得厉害！所有人都笑得人仰马翻！所有人累得稍微安静了一点。然而，片刻过后，一切卷土重来，先是这个人，接着是那个人，先是一个人，接着是第二个人，已经有三个人、四个人，已经有五个人，又都妈呀娘呀地笑了起来，狂笑不止，互相扶着肩膀，摇摇晃晃的，接着先是轻轻地，立刻又粗鲁地互相乱撞，一个对着一个，一个跟着一个，但是都砰砰地，哎呀，吼叫起来，小牛似的，接着竟乱作一团。大笑声被淹没在大笑声里，砰砰地笑，啪啪地笑，砰砰，啪砰……

贡布罗维奇与波兰传统

斯泰凡·赫文

《横渡大西洋》注定会引发出一场丑闻。真的出了丑闻吗?"有什么不快的事,就忍了。这样的怪书,没有人会认真对待的。其中的要害没有被人发觉,"贡布罗维奇在《遗言》中啧有烦言(《和多米尼克·德·鲁斯的谈话》)。即使愤怒却接受了这本小说的读者,实际上没有多少。这本书最初以片段形式在巴黎的《文化》杂志上发表(1951),后来又在巴黎的文学出版社出版(1953);该书第一位出版人耶日·盖德罗伊茨在多年以后承认,在刊登了《横渡大西洋》之后,继而又在发表了他最具争议性质的政论文章之后,《文化》杂志失去了很多订户。作家莱洪认为,"《横渡大西洋》是一本十足的污秽小说",真是让人无话可说。

贡布罗维奇在这本小说里提出的问题,如果不是因为在一个可能是最尖锐的历史时刻里提出的话,也许不至于引起这么大的愤怒。《横渡大西洋》开篇就是波兰命运原型的怪异画面，这是几代波兰人所熟悉的：一九三九年，国家受到恶邻的进攻，遭受军事上的惨败，德国人粉碎了波兰军队，就像一百年前在十一月起义期间，俄国人粉碎了起义军一样。一八三一年，正当起义失败的时候，密茨凯维奇在做什么呢？我们从莫雷茨·高斯瓦夫斯基的文章中得知：他正在罗马游览。而在《横渡大西洋》中，一九三九年，被命运抛到阿根廷大地的波兰人又做了什么事呢？其中很多人（不过，是否是多数人呢？）毫不动摇地走上董布罗夫斯基军团的朝圣道路：登上开往英国的轮船，例如，作家瓦茨瓦夫·伊瓦纽克就是这样做的，他像贡布罗维奇一样，一九三九年八月正好也身处布宜诺斯艾利斯："我在阿根廷以志愿者身份报名参加在法国的波兰军队，被分配到了博得哈兰军团，在挪威参加了纳尔维克城下的战斗。"《横渡大西洋》的主角没有和同胞们一起登上开往英国的轮船：他要在布宜诺斯艾利斯休闲。他的遭遇就这样开始——我们立即就可以说——这是具有双重意义的遭遇，因为他不仅重复了预言者们的命运；而且就像黑色传说对我的提醒那样，这些人前去参加十一月起义，启程前往，却出于某种原因没有到达，但是也凭这样的平行对比持以讽刺态度！

他为什么没有出发去拯救波兰？这个主角也具有作者的姓氏，令人想起贡布罗维奇本人，所以贡布罗维奇也许能够为他做出某种辩护，在小说里对于自己留在阿根廷的理由提出某种解释——在一九五三版的前言中就提出了这样的解释。但是，他没有在小说中这样做！他甚至只字未提令他不适于参军的健康状况。实际上三言两语就已经足够！相反，他令小说的主角说出波兰文学史上最激烈的抗辩辞，要旨是：让他倾向于"当逃兵"的理由，和可以作为辩解理由的体弱状况，鲜有共同之处。

首先就是：这是明显的低级理由。就好像可耻地隐藏起来的波兰人灵魂的里子突然被揭示出来了：这是丑陋的利己主义的灵魂。"我不会去掺和这样的事，因为这不是我的事，如果他们必须牺牲，就让他们牺牲吧，"他就是这样谈论在九月战役中牺牲的同胞的；这样的一个人——看来如此——对一己的安全考虑高于一切。但是——请注意——《横渡大西洋》中的一切都不止有一种意义！凡是低下而贬损主角的语句，随着情节突如其来的转折而显示出了其反面——全然是崇高的反面。贡布罗维奇的主角是一位作家——他对这些利己主义的行为提出了理由，这是艺术家的理由；这些理由肯定是从"最极端的自豪感"中成长出来的——然而，仅仅如此吗？从实质上看，难道这些理由不是每一个周密思考个人权利与爱国主义义务界限这个问题的人所必须思考的吗？从什么时候，对于个人价值进行维护已经变成了傲慢的利己主义？"我们"中的"我"在多大的程度上是"我们"的资产，在多大的程度上属于他人？对于这些难题，贡布罗维奇在小说中进一步提出尖锐的挑战。在《横渡大西洋》中，他问了这样一个问题：有可能达到世界文学崇高地位的"一流作家"，应该把自己的命运（而且涉及生与死……）和"二流的"、贫弱的、屡战屡败的民族结合起来吗？这个民族不断把艺术家们置于消灭精神生气的劳役之中。也许应该选择大地上的一个安全而优美的地方，选择一个享有自由和幸福的集体，我们的才能在那里可以自由地发挥，这样的集体不是压制，相反，可以发扬我们的天资，促进个人的精神发展，因为只有人们的"我"才是真正可贵的，而国家，特别是贫弱且始终不安定的国家，构成了扭曲灵魂的威胁。是这样吗？或者，远离注定遭受失败的环境和被自卑感浸淫的集体性格是否更好呢，因为这样的地区和这样的人群的精神状态不是特别有利于个人的自我实现。中欧的东部，整个遭受边缘化情结侵袭的地区，不就是制约个人发展的那些地方之一吗？而《横渡大西洋》的主角正是来自这个地区。

"波兰的灵魂"和"互动的灵魂"

贡布罗维奇具有罕见的、敏锐的等级感，多次著述讨论中欧人的心理，他认为中欧人的心理在文化上比西方世界虚弱。在他的《日记》里，我们看到太多关于这一虚弱的言论！"中欧情结"！不仅波兰人，而且还有立陶宛人、保加利亚人、罗马尼亚人、匈牙利人、南斯拉夫人，都想赶上西方，到达西方的水平，向他们看齐……而正是在这种赶上和看齐的努力之中，暴露了他们对"低人一等"的感触。我们就是要表明，波兰人不是鹅，我们有自己的语言……但是，凡是强烈感受到自己价值的人，都全然不在乎他人对自己有什么评价。是他来评价他人。因为想要赶上他人，我们就总是把自己置于低人一等的地位。

一个遭受多次军事失败的社会，一个生存经常受到威胁的社会，一个受到无法达到"真正的文化"之感觉折磨的社会——在这样的社会里应该怎样生活（怎样成为艺术家）呢？作家在遭受失败的时日，在外省情结侵蚀的社区里强烈感受到的处境，构成了《横渡大西洋》主要主题之一。因此，贡布罗维奇把注意力集中在这种情结以何种方式映射到波兰人社团生活这一问题上。但是，这本小说创造出来的波兰社区的形象，不仅仅是对"波兰情结"或者"中欧情结"的鲜明比喻，而且也是对更具总体性质的社会学权利的比喻。贡布罗维奇似乎是在对我们说，遭受自卑情结的社区，都具有内在的自我摧毁的精神机制，这一机制剥夺了社区集体全部成员享有真实生活的机会。将小说情节置入波兰失败的原型情景的做法，让贡布罗维奇可以对围城情结社会心理机制做出怪异的概括。在失望情绪的影响下，"虚弱的"社区僵化，开始谴责自身中一切阻止改变畏首畏尾的自卫意志的因素。"低人一等"的感觉把一个开放的社会变成一个封闭的社会。这样的社会不仅受到外国人的欺压，而且也受到本国人的威迫。谁不为事业服务，谁就一文不值。

　　浪漫爱国主义的观点认为，在受到终极威胁的时候，我们的民族有权利索取我们的一切，包括生命，因为个人是民族的财产。这不仅是波兰十九世纪文化的教条，而且本质上也是后浪漫时期整个"爱国主义的欧洲"的教条；后浪漫时期的欧洲崇尚民族联系，把个人的命运和集体的命运用几乎神圣的纽带联系起来。这一思想教条之政治现实就是建立在神圣同盟废墟上的、后凡尔赛的"各民族的欧洲"，这一教条断定，个人的民族统一性不是可以选择的事。决定我们是谁这一问题的是灵魂（和躯体）与土地和血统的生物学的或者神秘论的联系。无论现实中发生了什么事，虽然德国人、俄国人、捷克人、立陶宛人、白俄罗斯人、变成了（和不再是）波兰人，但是，贡布罗维奇在三十年代就观察了民族民主主义者们，已经接触了民族主义思想的激进人物；民族主义的思想认为，民族性是人在生物学上的（或者神秘主义的）本质，是不能改变的。这样理解同一性的生物学—神秘主义强制性质，在贡布罗维奇看来，明显就是一种奴役的传统。

在《横渡大西洋》中（以及其他作品中），贡布罗维奇提出个人同一性的互动观，来反抗源于浪漫主义神话的关于人的生物学—神秘主义观。按照存在主义的理论，怎样成为波兰人（俄国人、德国人、捷克人……）呢？这就是这本欢乐的、轻快的小说以密码形式暗藏在主角奇怪遭遇中的一个大问题。应该怎样成为波兰人呢？我们都知道，存在超越本质，历史环境和命运给我们每一个人带来某一种而不是另外一种精神模式，使我们成为波兰人、德国人、俄国人，给予我们教导的是人际交往、教育的精华、社会习俗的压力，波兰人性格、德国人性格或者俄国人性格的本质，并不在个人灵魂的底层，波兰人性格仅仅是波兰人在他人面前呈现出来的许多形象之一。是这样吗？

"爱国主义的欧洲"文化宣扬永恒"波兰灵魂"或者"德国灵魂"的神话，根据这样的神话，作为民族的生物学-神秘主义分子的个人，因为命运判决而具有这种同一性，所以必须承认自然的集体有支配单个个人生活的无条件的权利。但是，个人也有权利对民族提出条件吗？个人可以问，他所属的那个民族是否值得让我们把自己的命运和该民族联系起来吗？

《横渡大西洋》中最费思索的（也许最令很多读者不安的）是，它公开提出了自由选择民族同一性这一问题。贡布罗维奇的主角，是被聚合起来的各种条件抛到了距离波兰一万公里以外（这是地理距离，而心理距离则更……）的一个波兰人，获得了令人迷醉的自由，在起初的时刻，这一自由令他晕眩——这可能就是一切！在"逃离"了把波兰朝圣者们送往受难祖国的轮船之后，他可以返回到同胞那里去，但是，他也可以对他们挥手告别，选择，例如，在一个放荡的阿根廷大庄园主疯狂而引人入胜的宫殿里生活。这是一种两难的处境，各民族的移民有多少次都不得不面对这种情形啊！融入阿根廷的社会（这个社会让贡布罗维奇由衷欣喜……），正像大群大群的波兰人融入加拿大、德国、英国、美国的社会那样，亦或，在做了表示诀别的手势之后，又（重新）成为波兰人？

然而，在二十世纪，做波兰人值得吗？

"你为什么要当波兰人?！（……）波兰人到现在为止的命运一直是很不错，是吗？你们波兰人的性格你不觉得讨厌吗？你们的痛苦还不够多吗？历来的痛苦和悲哀还不够多吗？他们今天又在扒你们的皮呐！你还坚持保存这张皮吗？"

"爱国主义的欧洲"大概从来没有遇到过比这更罪恶的问题。但是，《横渡大西洋》的主角首先是对自己提出这个问题的。为什么他会首先思虑这个问题，为什么在"逃避"之后他又返回到这个问题上来呢？但是，贡布罗维奇并不仅仅局限于揭露波兰民族性格的缺点。《横渡大西洋》中的波兰问题是一种三棱镜,这个三棱镜允许他更深刻地看待比较普遍的现象,更鲜明地、从非常怪异的角度来揭示这些现象。当然,这个问题不仅十分强烈地出现在小说题材层面,而且也出现在写作方法、叙事角度的选择、对叙述者的自我肖像刻画里,出现在他的恐惧和抱负之中。在《横渡大西洋》中,旨在怪异地揭示浪漫主义形成的波兰文化原型的分析(和揭露)意图,和反浪漫主义,更确切地说,和反对密茨凯维奇的冷嘲热讽,结合了起来——这就是贡布罗维奇和波兰起争执的地方。

预言家们的怪异研究

在写作这本小说的时候,贡布罗维奇必定(而且意欲)和密茨凯维奇较量了。首先,密茨凯维奇创造了自十九世纪就限定着波兰人情感的基本理念和构想的内容,其次,在争取波兰文学最高地位的斗争中,贡布罗维奇的竞争对手——是的,还是密茨凯维奇;问题就在这儿。因此,《横渡大西洋》在很大的程度上,是作为反《塔杜施先生》和反《先人祭》写出的。这部作品不仅要揭示这两部浪漫主义作品里被无耻掩蔽起来的内容，而且在自由自在的游戏中揭示出了从密茨凯维奇的树桩上滋生出来的波兰人的刻板形象，而且这本书必将成为波兰作家对于面对民族失败的密茨凯维奇式姿态的答复——基于平等权利的答复。

实际上，小说一开始就提出了这样一个问题：在民族面临危难之时，波兰作家应该如何自处？主角所遇到的布宜诺斯艾利斯波兰侨民很明确地知道，他们被要求拿出什么样的态度和行为，而这一点，他们正是从密茨凯维奇那里知道的——贡布罗维奇对这一点提出了暗示，因为正是密茨凯维奇在面对失败的时候，把法定的行为模式抛给了波兰人，在十一月起义失败之后写出了《德累斯顿先人祭》和民族史诗《塔杜施先生》；这些作品注定将重压在波兰人的意识上，在漫长的岁月里把波兰人和现实隔离开来，把他们推进想象中的世界，推进僵硬而刻板的形象里。

在《塔杜施先生》（和显克微支描写古代波兰的小说）中，贡布罗维奇看到了波兰精神对民族失败的官方的、乐观主义的回答，而根据集体性质的期待，这样的回答，在类似的情况下，应该予以重复的不仅有全部的波兰作家（首先是侨民作家！），而且还有全部的波兰人，尤其是统治阶层中的波兰人。但是，密茨凯维奇对于失败的这个回答果真就是密茨凯维奇本来的回答吗？《横渡大西洋》揭示了十九和二十世纪波兰文化互动性质的发生。贡布罗维奇认为，密茨凯维奇的确在失败之后写出了民族史诗，其目的是为了强化受到打击的波兰人的心灵（所以他是屈服于波兰人欲望的……），但是，他写作《塔杜施先生》不也是为了……欧洲吗？——要创造出波兰民族性"吸引人的"画面，让欧洲感叹于白芥末草和三叶草、金缎带和枪骑兵军服之美，迷醉于波兰，而不让波兰消亡吗？他从来都没有承认，我们受到了恶邻的欺辱，而是不惜一切代价讨欧洲人的喜欢——贡布罗维奇认为，密茨凯维奇杰作真正的"互动"意义应该是表现在这里；从本质上看，这是地地道道不真实的杰作，因为写作这一作品的作家竭力使自己对于波兰民族性格的观点适合西欧人的期望，因此，就像存在主义者所说的：他被监禁在他人的目光之中。

在《横渡大西洋》中，出现了乐观的、矫枉过正的、"用于出口的"波兰人形象，而波兰人自十九世纪以来在密茨凯维奇那儿找到了这一形象的范本；这个形象是公使馆一伙人"为"世界制造的形象，他们还要求作家"维托尔德·

贡布罗维奇"同样办理。更有老会计团伙，被拉进活跃的马刺骑士同盟，同盟的态度反复无常，这些叙述是否接近现实和真实呢？在《横渡大西洋》中，我们在奇形怪状的表现中看到波兰精神的两翼和爱国主义的两种毗邻的形式。如果说贡布罗维奇从《塔杜施先生》里引证出第一种"田园式的"波兰，其依据是大自然赐予了波兰优美这一信念，那么，他在《先人祭》第三部中找到了第二种波兰的根源，这第二种便是"跳着死舞的"波兰，其依据是大自然不能容忍贫弱民族这一信念。但是，在暗指"康拉德囚室"和暗指波兰人"地下生活"心理状态的、阴暗的"地窖场景"中，所展开的不仅仅是和弥赛亚主义哲学的争论。《横渡大西洋》的象征主义故事情节把民族牺牲论的现象置入社会学范畴之中。贡布罗维奇指出了，波兰人的集体性格怎样（和为什么）为波兰、也为欧洲"使用"殉教史话语。

殉教史的基本形象结构在密茨凯维奇的主要剧作中形成，而殉教史在《横渡大西洋》中揭示出了自己双重的意义。贡布罗维奇以十足阴森的、施虐和受虐狂的极端形象刻画出来的波兰人，强化了自身的爱国主义焦虑——他们这样做不仅是为了达到形而上的目的，而且——就像贡布罗维奇在这本书中表现了波兰精神的浪漫主义式激昂那样——是为了以这一方法治愈自己的"低人一等"情结!《横渡大西洋》中刻画的"跳着死舞的"爱国主义拥护者,想要以波兰苦难"给人以深刻印象的"无限深广来对比军事(和经济)缺少成功的现实。真是梦魇般的表演!应该承认,贡布罗维奇观察得十分确切!旅居国外的波兰人试图说服外国人,虽然……战争期间德国人在我们波兰屠杀的人比在其他任何一个地方都更多,但是波兰依然是值得敬佩和尊重的。然而,贡布罗维奇的注意力首先集中在——我们姑且称之为——殉教史"恐怖主义"现象。波兰人的马刺骑士情结的象征主义意义是这样表现出来的:在对于外部威胁的持续不断的感受中,波兰人互相逼迫加深民族失败的深渊,严密警戒,任何人不得脱离波兰生活的这种昏黑、憋闷的氛围,因为他们相信,他们通过历数起义、西伯利亚、流放、集中营[1]的苦难,可以提高自身的"恐怖"强力——这样的强力帮助民族生存和取得胜利。优雅——而可怕的——马刺骑士同盟不止一次令人想起安杰伊·托维安斯基推荐给自己社团成员的自

---

[1] 暗指《国王灵魂》——波兰著名浪漫主义诗人斯沃瓦茨基(1809—1849)的著名长诗。——译按

我折磨和"强忍到底"的做法。在相互开展爱国主义强迫行动的这一怪异死舞般的画面中，对于一八六四年爱国者遭受迫害的追忆尤为强烈（例如在一月起义之后的爱国主义态度：即使不是残酷地，也是强烈地谴责（和惩罚！）一些波兰妇女，因为她们竟敢无视民族悲哀，不穿黑色丧服……

贡布罗维奇把波兰人精神的全部特征都归结在阿根廷的波兰人社区之中，尽管他稍许讲述了自己在布宜诺斯艾利斯的遭遇，但是流浪汉小说的怪异形式，在对于读者而言是突如其来的时刻接近了哲学寓言，这一形式允许他在《横渡大西洋》超出波兰事务的范围，提出生存的独立性和真实性的问题。的确，《横渡大西洋》涉及了波兰人面对西方的种种情结，中欧的外省综合征，但是怪异的寓言，把"中心"与"边缘"之间的张力问题提高到了普遍性的层面。贡布罗维奇所描写的怪异人物模型，是可能出现在所有地方的。一方面，是波兰人（他们被禁锢在面对更高级文化时感受到的自卑情结中）的行为方式（维托尔德和阿根廷作家在大厅里决斗的场面），另一方面是对于贡萨洛豪宅里人类文化遗产无政府主义式的毫不尊重的态度。

无论是在《日记》中，还是在《横渡大西洋》中，贡布罗维奇都不是一个对波兰着迷的作家。例如，无论他怎样描写折磨着南美洲波兰人的外省情结，在他的概念里，这样的情结都不是波兰人独有的！西欧在文化上的优越感从《横渡大西洋》中描写的"外省"的眼睛上驱散了梦境了吗？贡布罗维奇所描写的事物，若不计表面现象，也是涉及了西方。在全部的文明中，"中心"不是一成不变的，世界的首都随着时间移动，在雅典、罗马或者巴黎的神话之后，仿佛在今天，纽约神话的时代已经来临，于是，被赶下王位宝座的旧大陆突然尝到在边缘生存的苦涩滋味，当然，和所有的"边缘"国度和地区一样，它在很长时间内都不会意识到，自己的巅峰时代已经成为过去……不管怎么说，对巴黎的成功征服给贡布罗维奇带来了不小的满足感，因为在《横渡大西洋》出版的时候，对于波兰人（还有阿根廷人），巴黎还是世界的首都。

作为现代语言的老式波兰语

当然，对于波兰事例的分析允许贡布罗维奇不仅给予这个问题以怪异的尖锐性、鲜明性，而且还有个人感受到的社会心理方面的具体事实。但是，徘徊在波兰精神曲折小径的小说主角，事实上面对着一个普遍性质的问题：如果我们具有在文化上"较弱的"集体心理特质，我们来自边缘地带、边缘区域，那我们应该如何争得精神的独立性（和自己的特性！）呢？

这是贡布罗维奇自己的问题；在《日记》里，他多次返回这个问题。整个一部《横渡大西洋》——寓言、诗学、贡布罗维奇不平凡的姿态的鲜明记录——都是在寻找答案。一切都开始于对于外省气质、对于身处"低人一等的"文化的感受，阅读一下这本小说开始几个色彩浓重、充满乡下人的难堪感觉和羞耻感的句子，就可以看到一个来自贫困多难之地的人，他渴望为自己的移民罪过辩解，他尽心竭力，但是这只是一个出发点（更可以说是一个转折点）而已，因为在《横渡大西洋》中，贡布罗维奇用这种波兰的"外省心理"战胜了外省心理！他采用了散发出扬·赫雷佐思托姆·帕塞克回忆录的老式波兰语，十七世纪贵族波兰的过时语言，又混杂了显克微支风格的词句，并且佐以十九世纪波兰语的浪漫主义—弥赛亚语气的特点，撒上了讨人嫌的词句（和更加奇特的拼写方式）——来自农民移民的回忆录，具体表现出旧式波兰人那种专区——巴洛克——乡村式言谈……包含论自由和真实生活的哲理小故事。那些"软弱"、"低下"和过时的东西，变成了"强有力的"、独立的和——是的！——现代的了。真是完成了不可思议的事：古老贵族闲谈者的生硬言谈变成了敏锐的知识分子的多重意义的叙事，在这样的叙事中，小丑般的笑话或者老百姓琐碎的言谈，不知不觉地变成了哲学上的严肃议论。真是反其道而行之："低下"的语言成为自由和傲视的语言——也是要傲视西方。西方以自我为中心，非常固步自封，的确是这样，但是——贡布罗维奇似乎说了——这又怎么样，既然在他们的精神宝库里没有我们旧式的波兰语和旧式的波兰生活方式，我们萨克森式的、狂放的、有时候是混合体的甚至达到怪异程度的却因而越发光辉的——生活方式。因此，贡布罗维奇做了双重的游戏：他把玩破碎的、面目可憎的言语，向迈达斯国王那样，把旧波兰的言谈转化为十分细腻、镀了金的言语，但是同时把玩对于西方社会毫无内容的所谓完美的傲视，因为他们没有像完美波兰的巴洛克这样的财宝。使波兰降格的东西，立即又把它提升。贡布罗维奇，不愿意像西方世界看齐，虽然模仿西方的形式，但他也不愿意炫耀旧波兰对传统的忠诚——他认为密茨凯维奇（和模仿密茨凯维奇的大队人马）就是这样做的，他以平等的态度，正式独特地重新评价萨克森时代，从那样的一个时代推出他自己认为的楷模。如果说"低人一等"的感觉使得《横渡大西洋》中公使馆一行人发狂似的护守波兰习俗的种种常规，那么，书中的叙事者就是在把玩波兰人性格——我们要知道，有时候是在十足残酷地把玩。但是，他做这样的游戏，不是为了要抛弃它，而是要与这一性格保持一段自由的距离。在萨克森时代多次遭到嘲笑的波兰贵族，突然成为对世界和精神主权持以主人态度的模范人物，在小说中醉心于怪异的夸张。这种令人蒙羞的萨克森巴洛克风格，尽管受到克拉科夫派历史学家们的多方指责，但是贡布罗维奇仍然从中探索出严格意义上的文学裨益。

《横渡大西洋》开篇就是脱离同胞的姿态。贡布罗维奇的主角对同胞发出诽谤性质的咒骂，名副其实地背对他们。但是后来呢？在这本小说里，真是多次谈到金钱啊！如果小说主角维托尔德在布宜诺斯艾利斯登陆的时候身上不是只有我们在开篇不久就已经知道的九十六美元，而是带着足以让他享受经济独立的一大笔钱的话，有谁知道《横渡大西洋》的情节该如何展开呢？这是一个落魄穷贵族的真实故事，这个穷贵族得压住天生的傲慢！——不得不"叩富人的门"，首先是波兰的富人之门。因此，钱袋空空唤醒了他的波兰人性格。在这些富人之门当中就有一家大财主之门，一如萨克森时代——这不仅是外国人的家门，而且也是诱引他背叛初衷的家门！贡萨洛那个稀奇古怪的宫殿不是有点像博古斯拉夫·拉吉维乌的宅邸吗？——他也是个生性异常的叛徒，高贵而怪异的大财主，和外国人亲热，鄙夷波兰贵族有点一惊一乍的善良——显克微支讽刺过他，教导几代波兰人从爱国主义出发，蔑视油光粉面、享受人民所不熟悉的种种癖好的上层！在这里，这具有双重意义的大门（贡萨洛的金山）向《横渡大西洋》的主角打开，通往自由——其涵义就是和波兰人性格完全决裂！因为维托尔德明显是出自对贫困的恐惧才和同胞交往，也同样出自这一恐惧才投靠（家产千百万、千百万的）贡萨洛（虽然感到厌恶），但是，贡布罗维奇展开小说叙事的方式是，在这两种低下的语气旁边，他的遭遇的图景中形成了相吸和相斥的辩证法——而且在小说中引人入胜。维托尔德咒骂、逆反，但是他不善于凭波兰人性格行事吗？不愿意吗？那就决裂！

他之所以反叛，是因为这种波兰人性格想要"利用"

他。个人要实现爱国主义计划的描述，在《横渡大西洋》中出现多次。《横渡大西洋》中的波兰是被滥用到了漫画化程度的比喻，把共同性和"低人一等"的情结结合起来，这一情结把个人当成工具，像是爱国主义的螺丝钉。这也涉及波兰人和艺术及艺术家的关系。作家应该在外国人面前炫耀自己，证明我们不比别人差，我们也有文学——如果炫耀有效，就被国人认为是天才，但是，如果不善于响应这一号召，在同胞眼里就一文不值。在《横渡大西洋》中，有多少讽喻、多少隐蔽的惋惜和愤怒，都是因为波兰人不善于充分评价自己的艺术家，非要等到外国人的承认——最好是来自巴黎的承认！但是，同样是这种令人愤怒的、不能自立的、不现实的波兰人性格，竟会突然在我们（也在《横渡大西洋》主角）面前揭示出了自己的本质——可以说是，起义的残酷！虽然贡布罗维奇时刻不忘波兰人精神令人不快的特征，但是也有令他作为一个艺术家而感到快慰的事：波兰生活的这种浪漫主义——旧式波兰色彩。令他快慰和觉得有趣的，甚至还有弥赛亚精神的阴森死气的地下室，在这里，"爱国者"脚上血迹斑斑的马刺发出的声音就像……西伯利亚的脚铐。这出现在错误的时代、野蛮的、丑陋的东西，在吞噬一切的怪异叙事中,显露出自己的审美优越性。花车、狩猎、决斗、波兰原型的形象、婚礼、波兰人性格的尺度、浪漫主义心灵向高天的飞翔——这是现代小说引人入胜的素材,所以其中才包含了这么多难以消化的时代错误啊!因为虽然贡布罗维奇承认,"面对波兰,他想要保护波兰人……把波兰人从波兰解放出来"(因为他想要改造波兰人的精神,让这一精神获得更多的自由)。激励他的,不是任何的社会使命,而是小说的"制作"。

枪骑兵与青年男子:波兰活力的秘密来源

让咱们把话说清楚:《横渡大西洋》令作家莱洪发出十分恼火的猛烈评论是因为什么呢?贡布罗维奇进入危险的(和痛苦的)问题的中心,但是他进入这个问题的确是以艺术家的身份,而不是以道德论者或者民族事务宣讲者的身份。激荡他的是轻快自由的想象,活跃的联想,在这样悲惨的历史时刻(就在这样的时刻里,本书的情节发生),亟须严谨地下判断。每一个如此要求的人,都会认为自己应当承受最少的谴责。《横渡大西洋》全书的底蕴就是罪孽感,这种罪孽感始于一九二〇年，当时年少的贡布罗维奇克制住自己，没有参加波苏战争——他作品的主角正是从"罪孽"走向"罪孽"，但是，在"忏悔"的时候，维托尔德是带着某种嘲讽的微笑悔过的！他不仅卷入了可疑的勾当（他在犹豫，要不要把来自波兰的一个纯洁少年推进阿根廷一个同性恋者的怀抱……），违背了同胞情谊和礼仪，而且还把这个女性化的淫荡分子视为平等的人……波兰青年在思想上的同伴。而老波兰人托马什准备为波兰贡献出一切，甚至——像《圣经》中的亚伯拉罕那样——要献出自己的儿子；维托尔德不愿意把风华正茂的伊格纳茨抛在民族事业的祭坛上，从而令他致死或者致残。《横渡大西洋》的主角暗暗地追求自由，并且明显地把自由和情色的宽松联系在一起。"稍微走偏了一点，又有什么呢？"但是，这里指的不是偏离被文化刻板形象走烂的老路。《横渡大西洋》中的性问题——有谁写过这个问题？正是在这里，贡布罗维奇述说了自己最私密的事——恐怕也是最危险的事。

首先，他展示了波兰人行为方式底蕴中、包含在波兰文化中的着魔般的反同性恋狂热。在表现波兰人目睹阿根廷普托时候的愤怒场景中，不是可以听到波兰十六世纪异常惊愕场面的回声吗？贵族的条件反射中记录了这样一个时刻的记忆：在瓦维尔宫出现了共和国国王候选人亨利克·瓦莱齐修什，他衣装光鲜，发出香水芬芳——据传说——大胡子的贵族老爷们，惊愕地发现他耳朵上戴着金耳环！但是，贡布罗维奇观察下的殉教史也表现出了类似的精神病症的秘密！在情节的编排上，爱国主义马刺带来的痛苦的第一次出现，是作为对于欣赏伊格纳茨躯体之美的"惩罚"。在罪恶地欣赏观看片刻之后，维托尔德被送往爱国主义"地窖"。在整部小说中，伊格纳茨甚至没有说一句话——但是，躯体之美还必须说话才行吗？他的话语就是优美具体的魅力。殉教史的宝库，正如贡布罗维奇在《横渡大西洋》中重建了它的心理学机制那样，不仅服务于加强民族精神的爱国主义力量，而且还令波兰人——首先是年轻的波兰人——脱离躯体。这就是阅读《先人祭》和密茨凯维奇著名诗歌《致波兰母亲》带来的讽刺意义和精神分析意义！在这首诗里，反肉体的、"导致压制和死亡的教育"的原型首次出现！波兰人"为"肉体的痛苦活着。波兰人的肉体是痛苦的肉体——也是无性的肉体。波兰人的使命就是被钉十字架。波兰人就应该永远生活在"康拉德囚室"和西伯利亚牢房地窖的昏暗之中，而在马尔切夫斯基、格罗特戈尔和科萨克的作品里看到自己未来的形象……波兰人生活在对于下一场败北的战争、丧失独立等时期不间断的期待之中，实际上这是指：生活在对于下一次痛苦的期待之中。这种对于痛苦的期待、对痛苦的预期，转变成为对于神圣爱国主义痛苦的病态欲求（既然不能避免，那就必须爱它……），从而扭曲了波兰生活的私密气氛。贡布罗维奇在波兰人的弥赛亚主义中不仅看到了对于沉溺于爱国主义痛苦这种做法的礼赞，而且还看到了对沉溺于他人痛苦的隐蔽要求。在这一切的根基之中，他发现了……对"肉体快乐"的痛恨，因为可怕的马刺骑士同盟的事业里还荡漾着托惟安斯基残酷行径的回声，这个队伍倾向于杀死在梦幻中也引人注目的青春少年。在《横渡大西洋》中，浪漫爱国主义的精神王国依靠相互的控制，几乎就是一个警察国家，这个国家的首领是一个枯瘦的——反肉体的和无性的——先知，密茨凯维奇的黑暗化身，是遭放逐者监狱的神秘主宰。神秘主义者贡布罗维奇是多么尖锐地对照了干尸似的老会计的肉体枯竭和伊格纳茨"丰满充实的"魅力！"活跃的笑容、活跃的动作，整个肉体的欢乐、灵活！"他还强调，波兰人下意识地想要挣脱浪漫主义强加给他们的精神礼仪，但是他们找到的治疗自己不安感觉的方法是欺骗性的。

因为把波兰人推向"康拉德囚室"，和把他们驱赶到《塔杜施先生》所创造出来的世界里腐烂骑士精神的那个主体一样，不仅是爱国主义的思想意识——而且还有波兰人在性方面的麻烦问题。正如贡布罗维奇反复说的，更确切地讲，问题在于波兰人与这些事情"反复无常的"关系。老会计喊道："要强迫自然、强迫自己、强迫命运、强迫上帝本身来改变现状！"是啊，这样的话当然是弥赛亚主义（但也可能是民族民主社会达尔文主义……）的怪异概要。但是，贡布罗维奇正是使用强暴肉体的比喻、强暴自我的比喻、强暴自我天性的比喻来揭发波兰人精神的。在波兰爱国主义的底蕴中，他发现了反自然的和反肉体的顽疾。浪漫派诗人和显克微支创造了，《横渡大西洋》主角们保卫了波兰人的骑士和殉教者"坚强"的神话形象，而这"坚强"却是来自一种惊慌失措的恐惧；这是对于"杂种"、"怪人"、同性恋者柔软肉体的恐惧，对于自由表现姿势和优雅、夸张、魅力的恐惧，对于轻松欢快生活的恐惧。波兰文化要求波兰人同时具备坚强意志的民族同一性……和性的同一性。只有善于参加战斗和在爱国主义各各他受难的人，才是真正的波兰人和真正的男人……在《横渡大西洋》中，实际上是没有女人的（当然，贡布罗维奇提出的波兰传统关系到她们），因为贡布罗维奇首先考虑到的——这一点以前曾经谈到过——是波兰精神男性方面的问题。所以，我们在《横渡大西洋》中所见到的"互相的禁锢和着魔"，乃是反肉体时代思潮中斗争与牺牲的结合，但也是在反同性恋反应中的（精神病病态的！）团结。按照贡布罗维奇的见解，在反同性恋的着魔行为中，暴露出了波兰枪骑兵、民族事业真正种马的神话的秘密根源，这一神话的楷模体现就是密茨凯维奇用挂带吊着手臂的塔杜施，或者哥萨克图画中的枪骑兵——而托马什就是漫画式的体现。但是，这里也暴露出受难者神话的根源，亦即民族殉难史核心的流放者、囚徒的神话。

《横渡大西洋》的象征寓言之一是准备杀死青春少年（殉道士们和枪骑兵要杀死他），另一个是准备杀死枪骑兵（难以控制的同性情色欲的精神要杀死他）。在贡布罗维奇这个小说世界里，对于殉道者和枪骑兵来说，妨碍他们、站在他们对立面的不是别人，正是这个青春少年。小说的主角就在对立的双方之间活动。和贡布罗维奇其他小说的主人公一样，他也有诱惑者，推动他走向极端的"变态选择"。但是，贡萨洛不只是他的灵魂黑暗方面的体现（他做了主人公不敢做的事……），也是贡布罗维奇笔下——强烈的双重意义上的！——导演和操纵者之一。他们虽然表面上看起来像是自由解放的体现，但实际上却实施（非常可怕）互动"妖术"，目的在于控制他人。在《横渡大西洋》中，对他人的控制，是通过强制推行怪异的思想达到的。贡布罗维奇的互动观首先强调了这一点。

血 与 笑

然而，在贡布罗维奇怪异的叙事中，一切都带有令人不安的飘忽性质："逃兵行为"不再是逃兵行为（虽然可能还有一点是的）。对波兰人性格保持距离带来的自由轻松，近似于对康拉德式严厉爱国主义重大要求的轻蔑忽视，在描述个人主义和顽固民族传统相互对立时，叙述却一次又一次地闪现出对利己主义的冷嘲热讽，虽然并没有达到斯特纳①的强烈程度。扭曲了吗？有一点儿。在小说世界中，它成为变

---

① 麦克斯·斯特纳（1806—1856），德国哲学家。——译注。

化的开放性的比喻。贡布罗维奇示意,"实在的"男性的同一性,或者女性的同一性都是文化的培育,性总是把我们同时引进男性的和女性的方面,互相矛盾的欲望竞争总在伴随着我们,但是,在波兰人当中(请注意,《横渡大西洋》是在一九四〇年代写成的),有谁愿意听到这样的话呢?而在贡布罗维奇这里,一切都是活动的和开放的。

确实,这本小说的封闭"对称"是突出的。贡布罗维奇描写了以民族原则为依据的内在的封闭起来的文化的怪异而鲜明的取代物——并且用这些取代物来打击寻找自己道路的个人。他笔下被卷入对称论的主角必须在对立物之间做出选择:爱国主义的"田园"和"鬼蜮"、父国和儿国、善心的少校和放荡的贡萨洛、公使和会计、规范与偏离、杀子与杀父……就好像走上了比赛场地似的。而寓言的发展在很大的程度上是按这个场地设想的。但是,时间到了!这个主角是文学史上刻画得十分细腻的一个形象,只不过换上了波兰乡下不方便的服装,显得束手无策,但是,事实上,他是很有计谋的,他想要脱离这种折磨人的对称,就像早些时候《费尔迪杜凯》的主角那样——贡布罗维奇自己也是如此。最后甚至要求某种强有力的解决办法,空气中飘浮着血气,小说的对称要求尸体——这时候，全部的解决办法都被清除：爆发出来了笑声，笑声驱散了对称对立的恐怖威胁。青春少年也从旧世界威权下面走出，从令人着魔的魔爪下走出——但是他要到哪里去呢？我们都理解，贡布罗维奇用以结束小说的笑声，是艺术家不受干扰的灵魂的胜利笑声，艺术家提醒我们，让我们超越僵死的对立状况，从新的、带来解放前景的角度来看待事物的全貌。但是，这是不是过于计划周密的笑声呢，是不是包含过多思想的笑声呢，是不是具有过多寓意的笑声呢，是不是具有过多逃避性质的笑声呢——是不是迂回、躲闪的笑声呢？贡布罗维奇留给我们的正是严肃与非严肃、消亡与嘲讽、疼痛与欢乐的混合物。我们，《横渡大西洋》的读者们，应该怎样逃出这种混乱的精神状态呢？是他把我们推进来的啊。作家似乎是在说：文学不是和我们分享答案的。文学的任务是把读者放在困难的、令人着迷的情景之中——让读者凭自己的判断找出答案。

译者后记

贡布罗维奇的第二部小说《横渡大西洋》(1953)是一部十分短小，但有趣、风格独特、语言生动活泼的小说；《横渡大西洋》是一部重要的小说，因为在题材方面，他涉及了波兰历史、国民性格和国民心理状态等重大问题。

文学不是历史，文学描写的是普通的人性和情感，亦即作为环境产物的人的遭遇、精神面貌、感受和心理状态，而且，文学可以或曲折或直接地反映出民族性格的特点。波兰极为独特的历史变迁大致如下：中世纪时期（966—1492），波兰接受基督教，建国，一四一〇年，联合立陶宛，在格仑瓦尔德战役中大败日耳曼人的骑士团；波兰共和国时期（1492—1795），一五六九年波兰和立陶宛正式合并，一五九六年建立统一的波兰共和国，领土扩大到一百万平方公里，从波罗的海到黑海，是欧洲的泱泱大国；十六世纪到十七世纪初，是波兰的"黄金时代"。但是，从十七世纪，波兰走向衰败，到一七九五年，惨遭第三次瓜分。波兰亡国一百二十三年，直到"一战"后的一九一八年重获独立。在亡国期间，虽然有仁人志士为国家独立、民族复兴顽强地战斗不息，前仆后继，但是从整体上看，波兰却是屡战屡败。即使是在一九一八年到一九四五年乃至到一九九〇年"波兰人民共和国"终结这近八十年的漫长时间里，在某种意义上，波兰历史依然是"屡战屡败"的历史。

如此的历史记忆和对现实的感受，对一个民族的精神和心理上造成的影响，在不同程度上铸成了他们的性格特点。这些特点大致上可分成两部分，其一是民族自豪感。波兰曾经是欧洲大国，波兰有哥白尼、肖邦、显克微支、居里夫人（这部小说发表以后有教皇约翰·保罗二世）和他们所代表的成就。其二是自卑感，自觉低人一等，因为波兰在历史上屡战屡败，世世代代遭受恶邻、强邻的掠夺、蹂躏、杀戮，在整个欧洲，她即使不算积贫，也是十分积弱的。

由于历史的原因，波兰是东欧各国中对外移民最多的国家，波兰移民遍布欧美，包括南美洲。现在在欧美各国的波兰移民和波兰裔人总数大约有一千三百万，约合波兰国内总人口的三分之一（华侨和华裔在全世界大约共有四千万，约合中国国内总人口的百分之三）。在国外，波兰人民的自豪感和自卑感更为强烈，尤其是祖国诸事不顺的时候。

《横渡大西洋》的背景设定在阿根廷波兰人社区，情节在一九三九年九月一日纳粹德国袭击波兰开始，在波兰迅速败北的时候展开。公使对于所在国社会和"外国人"，尽力宣扬"我们"是伟大、爱国的。但是在"我们"内部，往往弥漫着对历史和时事的失望，"我们"给人一种"一盘散沙"之感。在这两方面，小说都表现得超乎寻常，甚至几近疯狂。

贡布罗维奇在《横渡大西洋》中描写了这两个方面的"疯狂"，在疯狂的描述中提出了他的质疑、见解和严厉的批判。比如，为了爱国，无论"祖国"怎样屡战屡败、怎样混乱，也要回国参军打仗、履行自己的"义务"吗？这是波兰人的传统思想之一。在最近的大约两百年时间里，东欧人，尤其是波兰人，被要求为"祖国"作出贡献，远甚于同时期的西欧人。同时，在政治层面背后，这还是个心理问题、精神问题和民族性格问题。

但《横渡大西洋》里对波兰侨民的描写，曾受到波兰人的抨击和指责，认为这是"丑化"祖国，但是，无论是不是"丑化"，那丑陋都是存在的，揭示出来，逐渐改变不是很好吗？何况，那点丑陋，是掩盖不了一个民族的整体形象。

《横渡大西洋》这部小说具有多层面的意义。于赫文是波兰研究贡布罗维奇的著名学者，在评论中提及，贡布罗维奇在这部小说采用了波兰十七十八世纪的"闲谈"风格，按理说译者应该尝试使用"三言二拍"的叙事风格，可是很难做到，所以只是尽量避免使用当今流行的小说的叙事风格，遣词造句避免滥用时髦词语而已；荷兰人高罗佩（Robert Van Gulik, 1910—1967）用英文写了《狄公案》共一百三十万字，汉语译文颇有中国古代白话小说的韵味，很好，令人钦佩。但是如果让波兰人和阿根廷人说这样的中国话，原文中那种韵味也许会变成滑稽吧。但这似乎是译者无力的自我辩解了。

本书译自波兰语版本，参照了英语译本。

感谢"九久读书人"何家炜先生的帮助和关怀，促成本书译事成功。

杨德友

二〇一一年九月于山西大学